"알았어······!
베고, 베고, 또 베어 주겠어!"

"에리스! 지금이야!"

에리스
Eris
카랄리아 왕국 성기사단에 소속된 하이랄 메나스.
무뚝뚝한 태도와 달리 속마음은 따뜻하다.

리플
Ripple
에리스와 마찬가지로 카랄리아 왕국을 수호하는
하이랄 메나스. 소수민족인 수인종으로
강아지 귀와 꼬리가 달려있다.

"······?! 하이랄 메나스?!"

라파엘
Raphael
라피니아의 오빠로,
왕국 최강의 전력인 성기사.
여동생과 마찬가지로
정의감이 강하고 성실한 성격.

로슈폴이 호명하자
여기사 한 명이
옆으로 다가왔다.
평범한 여기사가 아니었다.
리플처럼 짐승귀와
꼬리가 자라난
수인종이었다.

"와라, 아루루!"

"네……
당신의 뜻대로……"

"역시 크리스는 뭘 입어도 어울린다니까~♪
자, 웃으면서 돌아 봐. 빙글빙글~♪"

"멋진 옷이네.
에리스 님과 리플 님하고
동료가 된 기분이야."

라피니아
(라니)
Rafinha
잉그리스의 소꿉친구이자 공작가의 딸.
폭주하기 일쑤인 잉그리스를 말릴 수 있는
유일무이한 존재.

잉그리스
(크리스)
Inglis
먼 미래에 미소녀로 전생한 전 영웅왕.
프리즈마가 부활했다는 소식을 듣고
왕도로 귀환했으나…….

영웅왕,
극한의 무를 위해 전생하다
그리고 세계 최강의 견습기사가 되다♀
7
Author 하야켄
Illustrator Nagu
Eiyū-oh,
Bu wo Kiwameru
tame Tensei su.
Soshite,
Sekai Saikyou
no Minarai Kisi "♀".
S NOVEL+

커버 그림, 본문 일러스트 | Nagu

Eiyu-oh,
Bu wo Kiwameru tame
Tensei su.
Soshite, Sekai Saikyou no
Minarai Kisi "우".

CONTENTS

잉그리스 일행이 북부의 알카드에서 행동 중일 무렵.

카랄리아 동부, 베네픽 국경 근처에서는 라파엘 빌포드가 이끄는 플라이 기어 부대가 무수히 많은 비행형 마석수 무리와 대치하고 있었다.

마석수 떼 뒤로 거대한 얼음덩어리에 갇힌 프리즈마의 모습이 보였다.

과거, 라파엘과 리플이 임무를 받아 국경으로 운반한 프리즈마였다.

원래는 국경과 멀리 떨어진 아르멘 마을에서 엄중하게 감시하고 있었으나, 얼마 전부터 얼어붙은 프리즈마 주변에서 마석수가 소환되는 이상 현상이 발생했고, 결국 마을에 나올 피해를 막고자 프리즈마를 멀리 떨어진 국경으로 운반되었다.

프리즈마가 일으키는 이상 현상은 시간이 갈수록 더욱 활성화되었다.

이윽고 마석수는 프리즈마 주변을 지키기만 하는 게 아니라, 무리를 지어 아군을 공격하기 시작했다. 국경을 지키던 성기사단은 결국 베네픽군을 상대하면서 동시에 마석수도 격퇴해야 하는 처지에 놓이고 말았다.

"여러분! 베네픽군이 국경에서 버티고 있는 이상, 여기서 피해를 내면 안 됩니다! 가능한 한 신중하게, 피해를 최소화하며 전투에 임해 주세요!"

"예!"

"알겠습니다!"

"라파엘 님의 지시에 따르겠습니다!"

라파엘이 호령하자 부하 기사들이 기운차게 대답했다.

베네픽군을 상대하려면 마석수와의 싸움을 최대한 줄여야 한다. 전쟁 중이니 어쩔 수 없는 일이지만, 자신의 힘이 마석수로부터 사람들을 지키기 위해 있다고 생각하는 라파엘은 내심 복잡한 기분이었다.

물론 그렇다고 하던 일을 전부 내려놓을 만큼 라파엘은 어리숙하지 않았다.

하지만 이 상황이 썩 달갑지 않은 건 어쩔 수가 없었다.

"다들, 라파엘의 말대로 다칠 수 있으니까 너무 무리하지 마. 건강이 제일이라는 말도 있잖아!"

리플이 애써 명랑한 목소리로 기사들을 고무시켰다.

""오오……. 리플 님의 얼굴에 미소가 돌아왔다……!""

""아아, 이 미소가 그리웠어……!""

""역시 이래야지!""

리플은 한동안 성기사단을 떠나 기사 아카데미에 머물다가 최근이 되어서야 이곳으로 복귀했다.

성기사단의 기사들에게 하이랄 메나스인 리플의 미소와 격려는 전장에서 커다란 버팀목이었다.

"에리스! 다들 너무 기뻐하는데? 내가 없는 동안 제대로 병사들을 돌봐준 거 맞아? 병사들과 소통도 중요하다고."

"대, 대화는 했어……. 적어도 네 빈자리는 충분히 메꿨다고 생각해."

"정말로오~?"

리플은 기사들을 돌아보며 눈짓으로 물었다.

"뭐, 확실히 평소보다 자주 입을 여시기는 했습니다만……."

"딱히 웃는 얼굴은 아니었던 것 같은……."

"상황이 상황인지라 오히려 다른 때보다 엄격하셨던 것 같기도……."

병사들이 저마다 감상을 말했다.

"어, 어쩔 수 없잖아……! 나는 너처럼 붙임성 좋은 성격이 아니라고!"

"자자, 진정하세요. 누구든지 특기가 있으면 서툰 것도 있는 법. 에리스 님은 나름으로 열심히 하셨다고 생각해요."

"오. 역시 라파엘이야. 격려의 달인이라니까."

리플이 라파엘의 등을 팡팡 두드리며 말했다.

"하하, 별말씀을……."

"슬슬 시간인가. 나도 그럼 내 특기로 공헌할게. 자, 얼른 공격 지시를 내려줘."

에리스가 쌍검을 뽑아 들고 전방의 마석수들과 대치했다.

라파엘은 표정을 굳히며 고개를 끄덕였다.

"전원, 공격 준비! 먼저 원거리 사격 후, 에리스 님을 선두로 돌격해서 적을 섬멸하겠습니다!"

""알겠습니다!""

기사들이 일제히 마인무구를 꺼내 들었다.

마인무구의 종류는 제각각이었지만 한 가지 공통점이 있었다. 바로 원거리 공격 기프트가 내장되어 있다는 점이었다.

성기사단은 마석수 토벌에 전문화된 집단이다. 기사들은 원거리와 근거리, 어느 쪽에도 대응할 수 있도록 여러 마인무구를 갖고 있었으며, 능숙하게 다루었다.

특히나 하급 마인무구 중에는 화염탄을 발사하거나, 얼음의 화살을 날리는 간단한 원거리 공격이 많았기에 다들 최소 하나씩은 예비로 가지고 다녔다.

"조준!"

라파엘이 지시를 내리자 병사들이 일제히 마석수를 겨냥했다.

화염, 얼음, 번개, 바람 등 다양한 힘이 마인무구에 깃들었다.

라파엘은 등 뒤로 그 기운을 느끼면서 전방의 마석수를 주시했다.

상황은 이전과 비슷했다. 마석수 떼가 이쪽을 향해서 똑바로 날아오고 있었다.

이제 곧 기사들의 사정거리 안으로 들어올 것이다.

"지금이다! 사격 개시!"

라파엘의 힘찬 호령과 함께 온갖 탄환이 발사되었다.

날아간 탄환들이 한꺼번에 명중하며, 마석수가 우수수 바닥으로 추락했다.

특히 리플은 혼자서 다른 이들과 비교도 되지 않을 만큼 많은 적을 격추하고 있었다.

황금색으로 빛나는 두 자루의 권총에서 발사된 광탄이 탄막을 이루어 마석수를 제압했다.

""오오오······! 역시 리플 님!""

기사들이 감탄을 터트렸다.

"몸 상태는 괜찮은가 보네."

에리스도 예전과 다름없는 리플의 모습을 보며 말했다.

"당연하지! 모처럼 잉그리스 일행의 도움받았는걸. 하이랄 메나스로서 전보다 더 열심히 분발해야지!"

"후훗, 물론이지. 라파엘, 적들이 흩어졌어. 접근해서 각개격파하자."

에리스가 전황을 살피며 말했다.

원거리에서 공격을 퍼부은 결과, 마석수의 수가 상당히 줄어들었다. 마석수도 전황을 파악했는지 사방으로 흩어지기 시작했다.

"좋아, 전원 돌격! 산개한 마석수를 각개격파! 피해를 최소화하기 위해 적과 일대일로 맞서는 것은 반드시 피하세요!"

""오오오오!""

직후, 에리스와 리플이 탄 플라이 기어가 함성을 내지르는 기사들을 추월해 전속력으로 나아가기 시작했다.

"먼저 갈게!"

"오, 에리스. 오늘은 의욕이 넘치는걸!"

"너만 활약하게 놔둘 수는 없으니까. 조종은 맡길게."

에리스는 리플에게 조종간을 맡긴 뒤 선수로 올라갔다.

고속으로 비행 중인 플라이 기어 위에서 공기의 저항을 무시하듯 도도하게 서 있는 모습이 그녀의 범상치 않은 신체 능력을 증명하는 듯했다.

"좋아, 시작해 볼까! 선봉은 우리 몫이야!"

"그래!"

리플은 플라이 기어를 조종해 나란히 있는 두 마리의 마석수 사이로 파고들었다.

"이거나 받아라!"

촤아아아악!

에리스의 쌍검이 좌우로 마석수의 몸을 갈랐다.

무서우리만치 예리한 칼날에 두 동강이 나버린 마석수들이 그대로 지상을 향해 추락했다.

"계속해서 간다!"

"얼마든지!"

리플은 플라이 기어를 급선회하여 산개해 있는 마석수를 추적했다.

에리스는 과격한 비행 속에서도 흐트러짐 없는 자세로 마석수를 베었다.

멀리 있는 적은 리플이 한 손에 권총을 들고 상대했다.

리플의 총알 역시 에리스처럼 정확하게 적들을 격추했다.

둘이서 남은 마석수를 모조리 해치울 듯한 기세였다.

"역시 저 둘이 모이면 무서울 게 없다니까!"

"자, 우리도 가자!"

"우리가 도울 필요도 없을 것 같지만……!"

다른 기사들도 한마디씩 내뱉으며 에리스와 리플의 뒤를 쫓았다.

하이랄 메나스에 의지하는 부분이 크긴 했지만, 이것이 성기사단의 참된 모습이었다. 두 사람의 존재는 기사들에게 용기와 사기를 불어넣어 주었다.

리플이 돌아오면서 에리스와 기사들도 본래 실력을 낼 수 있었다.

잉그리스와 라피니아, 그리고 기사 아카데미의 학생들이 리플을 구한 덕분이었다.

'크리스, 라니. 너희 덕분에 리플 님이 무사히 돌아왔어. 정말로 고마워……! 지금부터는 우리가 이 나라를 지키겠어! 그러니 안심하고 기사 아카데미에서 훈련과 공부에 매진해 줘! 아, 그러고 보니 사건을 해결하는 과정에서 식당이 무너졌다고 했던가. 어쩌면 지금쯤 두 사람은 배고픔에 허덕이고 있을지도 모르겠네.'

둘을 딱하게 여긴 라파엘은 임무를 마치고 돌아가는 길에 유미르에 들러서 보존식을 가져다주자고 생각했다.

라파엘이 이런 딴생각을 할 만큼 전황은 안정되어가고 있었다. 아군은 커다란 피해 없이 적들의 수를 계속 줄여갔다.

얼마 지나지 않아 라파엘의 부관이 보고를 올렸다.

"라파엘 님! 접근하던 마석수를 전부 격퇴했습니다!"

"여러분, 잘 해주셨습니다! 부상자는 곧바로 치료를! 지금부터 경계 부대를 남겨두고 모함으로 귀환하겠습니다!"

""예!""

우렁차게 대답하는 기사들.

성기사단은 의기양양하게 세오도어 특사의 전용선으로 귀환하기 시작했다.

"라파엘! 나도 남아서 상황을 지켜보고 싶어!"

"알겠습니다, 리플 님. 다만 막 복귀하신 참이니 너무 무리하지는 마세요."

"응, 걱정하지 마. 지켜보기만 할 테니까."

"내가 같이 있을게. 라파엘은 먼저 돌아가."

"예. 그러면 본대는 먼저 귀환하도록 하겠습니다."

라파엘은 본대를 이끌고 돌아가자 이곳에는 소수의 경계 인원과 리플, 에리스만이 남았다.

"에리스 님, 리플 님! 저희는 주변을 경계하고 있겠습니다!"

"응. 수고해~."

리플은 명랑하게 웃으며 흩어지는 기사들에게 손을 흔들었다.

"그래서? 무슨 꿍꿍이야, 리플?"

"응, 얼어붙은 프리즈마에 조금만 더 다가가 보려고. 마지막으로 봤을 때와 뭔가 위화감이 들어서."

"위화감이라고……? 나는 그때 다른 임무를 맡느라 잘 모르겠는데……."

"저번에도 옮기는 도중에 마석수가 소환되기는 했지만, 오늘처럼 많지는 않았어. 다시 말해서……."

"프리즈마가 더욱 강해졌다고?"

"그럴지도 몰라. 가까이 다가가서 보면 확실하게 알 수 있을 것 같아."

"알았어. 한번 살펴보자."

에리스와 리플은 고개를 끄덕이며 프리즈마의 본체가 있는 곳으로 플라이 기어의 진로를 잡았다.

이윽고 얼어붙은 프리즈마와의 거리가 조금씩 가까워져 갔다. 아직 마석수가 소환될 기미는 없었다.

그 순간, 두 사람은 누구라고 할 것 없이 몸서리를 떨었다.

"윽……! 에리스!"

"응, 리플. 이거……."

"이 녀석은 당장 부활해도 이상하지 않아!"

에리스와 리플은 하이랄 메너스로서 오랜 세월을 살아왔다.

몇 년을 살았는지 세는 것을 포기했을 정도다.

완전체인 프리즈마와 대치한 경험도 여러 번 있었다.

그렇기에 느낄 수 있었다. 나라를 멸망시킬 만큼 강하다는 그

압도적인 힘을.

　두 번 다시 마주치고 싶지 않다고 매번 생각하면서도 결국 몇 번이고 느낀 존재감.

　그 존재감이, 눈앞의 얼어붙은 프리즈마로부터 고스란히 느껴지고 있었다.

　녀석은 언제 깨어나도 이상하지 않다.

　아직도 이렇게 얼음 속에 있는 것은 단순한 변덕이나 마찬가지였다.

　그 변덕이 언제까지 이어질지는 알 수 없었다.

　어쩌면 몇 년, 또는 몇십 년 동안 얌전히 지낼지도 모른다.

　반대로 지금 바로 깨어나서 활동을 시작할지도 몰랐다.

　하지만 에리스도, 리플도 프리즈마가 무슨 생각을 하는지는 알 방법이 없었다.

　"다시 프리즈마와 싸울 때가 왔구나. 결국 이번에도……."

　프리즈마의 부활.

　그것은 하이랄 메나스가 진정한 힘을 발휘할 때가 도래했음을 의미한다.

　프리즈마가 부활하면 성기사는 무기로 변화한 하이랄 메나스를 쥐고 싸운다. 인간들의 마지막 희망으로서.

　승리하든, 패배하든 성기사는 목숨을 잃는다.

　에리스도 몇 번이고 봤던 광경이었다. 아무리 저항해도 바꿀 수 없는 운명이었다.

그리고 이번 차례는 라파엘이다. 즉, 머지않아…….

이것만은 몇 번을 겪어도 익숙해지지 않았다. 그리고 익숙해져야만 한다는 사실이 너무 괴로웠다.

부들부들 떨리는 에리스의 손. 그러자 리플이 손바닥을 포개 에리스를 진정시켰다.

에리스는 타인에게 관심이 없고 쌀쌀맞은 성격으로 보이지만, 실은 전혀 그렇지 않았다. 오히려 남들보다 섬세하고 상냥한 인물이었다.

하지만 성기사가 하이랄 메나스의 진정한 힘을 발휘하면 죽음을 맞이하는 건 피할 수 없다. 결국 하이랄 메나스의 특성상 불가피한 일이지만, 성기사와 유족에게 하이랄 메나스는 사신이나 다를 바 없었다.

그래서 에리스는 이들이 상처받지 않도록 심리적 거리를 두려고 했다.

그렇기에 프리즈마가 출현은 리플보다도 에리스에게 더 큰 충격으로 다가왔다.

에리스의 사정을 아는 리플은 그녀를 지탱했다.

"만약 이 상황을 타개할 사람이 있다면 그 아이, 잉그리스밖에 없어! 이번에도 그 애가 무언가를 바꿔줄 걸 믿어보자……! 성격은 어쨌든 실력은 확실하잖아……!"

"……그래. 우리한테는 그 방법뿐이니…….."

"그럼 당장 돌아가서 이 사실을 알리자. 가급적 프리즈마를 자극하지 말고 지금 상태를 유지하라고. 그 사이에 잉그리스를 이쪽으로 불러오자."

"하지만 그 애가 엮이면 라파엘이 반대하지 않을까? 잉그리스를 위험으로 내몰고 싶지 않을 테니까."

"……그럴지도. 잉그리스를 꼬시려면 오히려 위험한 곳으로 데려가야 할 텐데."

"그건 당사자들이 알아서 할 문제지. 그리고 우선 이 프리즈마를 어떻게 하지 않으면 다 의미 없는 이야기야. 잉그리스를 부를지 말지는 라파엘이 아니라 세오도어 특사하고 먼저 상담해 보는 게 좋겠어. 물론 프리즈마의 상태에 대해서는 모두에게 알려야겠지만."

"그래, 그게 좋겠다. 베네픽군이 한동안 얌전히 자리를 지켜 준다면 좋으련만."

지금은 프리즈마로 고민하고 있지만, 애초에 성기사단이 변방까지 나온 건 국경에 군사를 배치한 베네픽을 견제하기 위해서였다.

이곳에 얼어붙은 프리즈마를 옮겨 온 것도 아르멘 마을의 피해를 줄이고 침략을 꾸미는 베네픽군을 견제하려는 의도였다.

따라서 이것이 잘된 일인지, 아닌지는 아직 판단할 수가 없었다.

결과만이 모든 것을 말해 주리라.

"동감이야. 프리즈마가 활동을 개시하면 인간끼리의 싸움은 의미가 없을 테니까."

하이랄 메나스는 마석수로부터 사람들을 지키는 존재.

지상의 인간들이 싸우는 모습을 보고 싶지도 않거니와, 솔직히 말하면 어느 한쪽을 거들어 주는 것도 별로 내키지 않았다.

하지만 자신이 수호하는 나라가 침공당한 이상 불평만 늘어놓을 수는 없는 노릇이었다.

"이만 돌아가자."

"알았어."

리플은 플라이 기어의 방향을 돌려 모함으로 진로를 잡았다.

그렇게 어느 정도 나아갔을 무렵.

「부탁해요. 제발 부탁해요…….」

리플의 머릿속에 누군가의 목소리가 울려 퍼졌다.

"에리스, 방금 뭐라고 했어?"

"아니. 아무 말도 안 했는데?"

에리스는 생뚱맞은 얼굴로 고개를 가로저었다.

"그래? 방금 분명히 소리가 들렸는데……?"

아무래도 에리스는 듣지 못한 모양이었다.

「부탁해요. 군대를 철수해 달아나세요……. 그렇지 않으면 큰일이 벌어질 거예요.」

"……! 또 들렸다! 군대를 철수해 달라고 말했어……!"

"뭐? 대체 누가……? 설마 저 프리즈마가……?"

"그건 아니겠지. 프리즈마의 목소리라면 에리스한테도 들렸을 거야."

두 사람은 똑같은 하이랄 메나스다. 마석수와 관련된 현상이라면 리플뿐만 아니라 에리스에게도 들렸을 것이다.

다만, 하이랄 메나스로서 살아온 기나긴 세월 동안 프리즈마가 대화를 시도한 적은 단 한 번도 없었다.

프리즈마는 의사소통 따위 불가능한 절대적인 파괴자였다.

"……혹시 아직 몸 상태가 안 좋은 거 아니야? 괜찮아? 어디 아프거나 하지는 않고?"

에리스가 걱정스러운 얼굴로 물었다.

"괜찮아. 그야 이상 현상의 원인을 해결한 건 아니지만……."

리플이 말하는 이상 현상이란 그녀와 같은 수인종 마석수가 소환되는 현상을 뜻했다.

리플을 하이랄 메나스로 만든 시술자는 리플이 배치된 나라에 커다란 피해를 내기 위해 이러한 함정을 심었다.

수인종 특유의 교신 능력을 이용한 함정이었기 때문에 소환되는 마석수도 전부 수인종에서 변화한 개체들뿐이었다.

다만, 수인종은 이미 멸종한 종족이었기에 남아있는 마석수를 전부 격파하면 새로운 마석수가 소환될 일은 없었다.

잉그리스가 제안한 단순무식하기 짝이 없는 해결 방법이었다.

결국 리플을 치료하는 대신, 소환될 적들이 거덜 나면서 함정은 무력화되었다.

삼대공파인 세오도어 특사는 이것이 하이랜드의 양대 파벌 중 하나인 교주 연합의 소행이라고 설명했다. 현재 카랄리아 왕국은 지상에 플라이 기어와 플라이 기어 포트를 적극적으로 하사하는 삼대공파 쪽으로 기울고 있었고, 그런 카랄리아를 제재하기 위함이라는 것이다.

리플은 교주 연합에서 만들어진 하이랄 메나스다.

반대로 에리스는 삼대공파에서 만든 하이랄 메나스였다.

그렇기에 리플의 몸에 이상이 발생했을 때도 에리스는 멀쩡했다.

설령 에리스의 몸에 비슷한 조작을 했더라도 삼대공파에게는 이 함정을 사용해 카랄리아를 견제할 이유가 없었다.

카랄리아 왕국은 전통적으로 교주 연합과 삼대공파 사이에서 균형을 유지해 왔다.

삼대공파와 교주 연합 양쪽으로부터 에리스와 리플을 하사받은 것만 봐도 알 수 있었다.

칼리아스 국왕의 사고방식 또한 이 전통을 그대로 이어받았다.

하지만 그의 후계자인 웨인 왕자는 달랐다. 삼대공파로부터 적극적으로 플라이 기어와 플라이 기어 포트를 하사받아 카랄리아군을 강화하려 했다.

그 행적에는 하이랜드와 지상의 차이를 조금이라도 좁혀 대등한 관계를 구축해 나가려는 의도가 깔려 있었다.

웨인 왕자와 개인적으로 친분이 있는 세오도어 특사도 뜻을 같이하며 다방면으로 지원을 아끼지 않았다.

만약 두 사람의 목표가 실현된다면 대단한 업적이라 할 수 있겠지만, 동시에 위험하기도 했다.

리플의 몸에 일어난 이변.

그리고 베네픽의 침공.

양쪽 모두 웨인 왕자와 세오도어 특사의 활동과 무관하다고 할 수 없었다.

"딱히 몸에 별다른 위화감도 없고, 아마 다른 이유겠지. 들려오는 목소리도 적의는 없어 보이고."

그렇게 대꾸한 리플은 보이지 않는 상대를 향해서 물었다.

"너는 누구야? 어째서 나한테 말을 걸었어? 군대를 철수하지 않으면 무슨 일이 벌어지는데?"

「제 목소리가 당신 이외는 닿지 않기 때문이에요. 이대로는 무의미한 희생이 일어나요. 그러니 부탁드려요.」

"무의미한 희생이라……. 설득력이 부족한걸. 이래 봬도 나는 현실주의자거든. 프리즈마가 위험한 상태이긴 하지만, 그렇다고 섣불리 군대를 철수하면 베네픽이 틈을 노리고 침공할 거야. 그러니 좀 더 구체적인 이유를 말해."

「부탁이에요. 어서…… 어서 달아나세요.」

그 말을 마지막으로 목소리는 끊어지고 말았다.

"어라? 저기요? 아무것도 안 들리는데! 여보세요?!"

"……나는 여전히 아무것도 안 들리는데."

"으음……. 뭐가 뭔지 모르겠네. 어쨌든 돌아가자. 프리즈마를 어떻게든 하는 게 우선이야. 잉그리스를 이곳으로 보내 달라고 부탁해야지."

"알았어. 리플도 이상이 생기면 곧바로 말해 줘."

"……음. 저번 일로 성기사단과 기사 아카데미의 학생들한테 민폐만 잔뜩 끼쳤지만, 딱 한 가지 좋은 점도 있는 것 같네."

"뭔데?"

"음후후……. 에리스가 나한테 상냥하다는 거♪"

리플은 에리스를 향해 짓궂은 미소를 지어 보였다.

"……?! 과, 관둬. 지금 그런 느긋한 소리나 할 때가 아니잖아. 난 그저 네가 전선에서 이탈하면 곤란하니까……."

"그래, 그래, 고마워. 이제 서둘러 돌아가자!"

"……알았어."

그리하여 두 사람을 태운 플라이 기어는 전속력으로 모함을 향해 날아갔다.

◆ ◇ ◆

그로부터 며칠 뒤. 세오도어 특사의 전용선.

현재 이 함선은 베네픽 침공에 대비해 성기사단의 모함으로 사용되고 있었다.

함교에 설치된 작전사령실 겸 회의실에서 전령 역할을 맡은 기사가 보고를 올렸다.

"베네픽군의 대답을 받아왔습니다. '그쪽의 제안은 받아들일 수 없다. 애당초 프리즈마를 이곳으로 옮겨 온 것은 그쪽이다. 카랄리아가 책임을 지고 해결하라'라고 합니다!"

"……그렇군. 수고했다."

웨인 왕자가 기사의 노고를 위로했다. 보고를 듣는 동안 웨인 왕자의 표정에는 거의 변화가 없었다.

"예상했던 대답이군."

웨인 왕자는 지그시 눈을 감으며 말했다.

"저쪽 입장에서는 저희가 프리즈마를 방패로 삼는 것처럼 보이겠죠."

세오도어 특사는 아쉬움을 느끼는 듯했다.

얼마 전, 리플과 에리스로부터 프리즈마가 언제 깨어나도 이상하지 않은 상태라는 보고를 받은 웨인 왕자는 베네픽 측에 휴전을 제안했다.

그리고 만약 프리즈마가 깨어난다면 힘을 합쳐 싸우자고.

하지만 이에 대한 답변이 방금 들은 내용이었다.

"뭐, 우리에게 그럴 의도가 전혀 없었던 건 아니지. 베네픽의 움직임을 억제하겠다는 계산이 밑바탕에 깔려 있었으니까. 하지만 그다지 효과는 없는 것 같군……."

"저쪽에서는 카랄리아가 책임을 지고 해결하라고 했지만…… 마석수나 프리즈마는 지상의 사정을 봐가면서 행동하지 않아. 깨어난 프리즈마가 카랄리아로 향할지 베네픽으로 향할지는 아무도 몰라."

이제는 프리즈마를 어딘가로 옮기는 것도 불가능했다.

외부의 자극을 최대한 피해야 하기 때문이었다.

하지만 프리즈마가 깨어나 만약 베네픽 측으로 향한다면 베네픽군은 어쩔 생각인 걸까. 그때 가서 다시 카랄리아에 도움을 구할 작정일까? 카랄리아에서 갑자기 동정심이 솟아나 그들을 도와줄 리가 없다. 결국 베네픽으로서도 프리즈마가 깨어났을 때를 대비해 협력을 약속하는 편이 그들에게도 안전한 선택이었다. 적어도 에리스가 생각하기에는 그랬다.

"위험해. 프리즈마를 너무 얕보고 있어. 무슨 일이 생기면 그때는 늦는다고……."

"어쩌면 저쪽도 군대를 물리지 못할 이유가 있는지도 모르겠군요. 베네픽의 배후에는 교주 연합이 버티고 있으니까요. 무언가 물러나지 못할 엄격한 조건을 내걸고 있을지도 모릅니다……."

세오도어 특사가 시선을 떨구며 말했다.

"베네픽은 예전부터 카랄리아의 영토로 침공을 거듭해 왔지. 여기에 하이랜드의 압박이 더해지면서 지금의 태도를 고수하게 된 건가."

베네픽에는 척박한 황무지가 많아 국민의 생활이 풍족하지 못했다.

카랄리아의 풍요로운 영토를 획득하는 것은 베네픽의 숙원이었다.

칼리아스 국왕과 웨인 왕자의 몇 대 전부터 계속되어 온 관계였다.

"있잖아, 만약⋯⋯."

"뭔가요? 리플 님?"

리플이 뭔가를 말하려 하자 라파엘이 물었다.

"앗, 그게⋯⋯. 미안, 아무것도 아냐. 신경 쓰지 마. 아하하."

리플이 웃으며 얼버무렸다.

리플은 만약 프리즈마가 깨어나 베네픽 쪽으로 향하면 이쪽에서 어떻게 대응할지를 물어보려 했다.

마석수에는 국경이 없다.

마석수로 인해 괴로워하는 사람들도 국경을 불문하고 존재한다.

물론 프리즈마가 베네픽으로 향하더라도 온 힘을 다해서 도와주는 것이 멋지고 인도적인 행동이다.

하지만 그것은 성기사와 무기화된 하이랄 메나스를 투입한다는 뜻이었다. 그렇게 되면 라파엘은⋯⋯.

어떤 미래가 기다리고 있을지 아는 리플이 프리즈마를 물리치러 가자는 이야기를, 그것도 라파엘 앞에서 꺼낼 수는 없었다.

만약 프리즈마가 정말로 베네픽 쪽으로 향한다면 그때는 웨인 왕자와 라파엘의 판단에 맡기는 수밖에 없었다.

설령 방치하자는 쪽으로 결론이 나와도 그 판단을 탓해서는 안 될 것이다.

어쩌면 하이랄 메나스를 절대로 무기화하지 않는다는 조건으로 베네픽을 지원하는 방법도 있을지 모른다.

그러나 리플과 에리스에게는 기대는 바가 있었다. 바로 잉그리스였다.

잉그리스라면 프리즈마가 어디로 향하든 기뻐하며 싸워줄 것이다.

잉그리스가 프리즈마를 쓰러트려 주기만 한다면 모든 문제가 해결된다. 만만세였다.

어떻게 보면 지상을 수호하는 하이랄 메나스의 존재 의의를 부정하는 꼴이었지만, 두 사람은 개의치 않았다.

하이랄 메나스가 필요하지 않다는 말인즉, 프리즈마의 위협이 사라진다는 것.

세상에 더 이상의 희생이 생겨나지 않는다면 쓸모없는 존재가 되어도, 버려져도 상관없었다. 오히려 바라는 바였다.

이미 세오도어 특사에게도 잉그리스를 부르자고 대화를 나누었다 건넸다. 이후에 세오도어 특사도 웨인 왕자에게 사정을 설명했을 것이다.

어찌 됐든 지금은 최대한 시간을 끌며 기다리는 수밖에 없었다.

죽음과 슬픔을 퍼트려 가며 강대한 적을 처치하는 것보다, 이왕이면 잉그리스처럼 싱글벙글 웃으며 물리치는 편이 모두가 행복해지는 길일 것이다.

적어도 리플은 그쪽이 훨씬 좋았다.

"좌우지간, 슬슬 방침을 정해야……."

웨인 왕자가 회의를 마무리 지으려던 그때였다.

"실례합니다! 경계반에서 급히 보고드립니다!"

경계 임무를 수행하고 있던 기사가 허둥지둥 작전사령실로 뛰어 들어왔다.

"고생하셨습니다. 프리즈마에 뭔가 변화라도⋯⋯?"

라파엘이 부하를 격려하며 상황을 물었다.

"예! 얼어붙은 프리즈마 주변에 다수의 비행형 마석수가 출현했습니다! 전례가 없는 숫자입니다! 족히 천 마리는 되는 것으로 보입니다!"

"이런⋯⋯!"

"엄청난 수군요. 역시 프리즈마의 각성이 가까워진 건가⋯⋯."

보고를 들은 웨인 왕자와 세오도어 특사의 얼굴에 긴장감이 서렸다.

"⋯⋯! 전군에 명령을 하달합니다! 영격 준비를⋯⋯!"

"아뇨, 그게⋯⋯!"

라파엘이 지시를 내리자 기사는 무언가 할 말이 있는 눈치였다.

"음? 왜 그러시죠?"

"마석수 군단은 일제히 동쪽으로⋯⋯ 베네픽령으로 향하고 있습니다!"

"우리의 반격을 피해서 반대쪽으로 날아갔다는 거야⋯⋯?!"

"글쎄. 마석수의 머릿속은 아무도 몰라. 단순한 우연일 수도 있어."

"그럴 수도 있겠네. 하지만 어찌 됐든⋯⋯."

카랄리아로서는 국가적 위기를 피한 셈이지만, 그만큼 상황이 복잡해졌다.

베네픽은 방금 막 프리즈마와 협력해 싸우자는 카랄리아의 제안을 거절한 참이었다.

따라서 저 마석수의 대군을 모른척할 수 있는 명분이 있었다.

얼어붙은 프리즈마를 이곳으로 옮겨 온 것은 카랄리아지만, 반대로 카랄리아를 침공하려 해 위기감을 고조시킨 것은 베네픽이다.

마석수와 침략자가 서로 공멸하고, 카랄리아는 프리즈마의 각성에 대비해 만전의 태세를 유지할 수 있다면 나쁜 이야기는 아니었다.

대신에 죄책감을 비롯한 복잡한 심경이 되겠지만.

에리스와 리플이 고민에 빠져 말문을 열지 못하고 있던 그때…….

"……지시에 변경은 없습니다. 영격 준비!"

라파엘이 단호한 목소리로 선언했다.

"라파엘…….."

라파엘은 이곳으로 프리즈마를 옮겨 온 자신들에게 책임이 있다고 생각하는 눈치였다. 책임감이 강한 라파엘다웠다.

"……하긴, 저 녀석을 이쪽으로 운반해 온 건 우리니까. 자기가 뿌린 씨는 자기가 거둬야지."

"앗, 아뇨. 그런 게 아닙니다. 저는…… 마석수의 위협에서 사람들을 지키기 위해 기사가 되었어요. 그것이 누가 되었든, 어떤 상황이든 말이죠. 그러니 잠자코 지켜보기만 할 수는 없습니다……!"

""…….""

에리스와 리플이 생각했던 것보다도 훨씬 순수한 이유였다.

라파엘의 말대로 기사는 마석수로부터 사람들을 지키는 존재다. 그래야만 했다.

라파엘과는 성기사단에서 몇 년간 함께 임무를 수행해 왔다. 이곳에서 다양한 일을 겪었을 텐데도 이런 점은 전혀 변하지 않았다.

때로는 그 순수하고 올곧은 모습에 마음이 정화되는 듯한 기분마저 들었다.

그것이 라파엘의 인간적인 매력이라 할 수 있으리라.

에리스와 리플은 그의 여동생인 라피니아와 친분이 있었다. 역시 남매였다.

알맹이가 말 그대로 판박이였다.

"웨인 왕자님, 세오도어 특사님, 출격 허가를 부탁드립니다!"

"……나도 부탁할게. 무리는 하지 않을 테니까."

"저도 같이 가겠어요."

리플과 에리스가 라파엘을 옹호하고 나섰다.

"그래. 지금의 너를 막을 수 있다고는 생각하지 않는다. 너의 그 이해타산을 고려하지 않는 태도가 적국과의 신뢰를 싹틔워 줄 것이라 믿어보기로 하지. 부탁한다."

"단, 리플 님께서 말씀하신 대로 절대 무리는 하지 마세요. 당신이 짊어진 것들의 무게를 결코 잊어서는 안 됩니다."

"예……! 그럼 출격하겠습니다! 에리스 님, 리플 님, 가시죠!"

"알겠어!"

"응……! 출발하자!"

라파엘과 에리스, 리플은 황급히 플라이 기어의 격납고로 향했다.

곧바로 출격한 라파엘의 성기사단은 전속력으로 동쪽을 향해 날아갔다.

곧 마석수의 모습을 확인할 수 있었다.

비행형 마석수로 구성된 무리가 거대한 그림자처럼 한데 뭉쳐 하늘을 까맣게 물들이고 있었다.

"정말로 어마어마한 숫자네!"

"응……! 이건 보통 일이 아니야!"

프리즈마가 점점 활성화되고 있었다.

깨어날 때가 얼마 남지 않았다고 생각할 수밖에 없었다.

그때까지 잉그리스가 전선에 도착하기만을 기도하면서 저 거대한 마석수 무리를 어떻게든 저지해야 했다.

에리스와 리플 모두 똑같은 의견이었다.

"라파엘, 구체적인 계획은 있어?"

"정면으로 싸우기에는 숫자가 너무 많아. 마석수를 앞질러 가서 공격하더라도 저 대군을 전부 막아내는 건 불가능해."

"가장 피해가 적은 방법으로 가겠습니다!"

"피해가 적은 방법?"

"그게 가능하면 좋겠지만……."

"예, 저와 에리스 님, 리플 님. 이렇게 세 명만 돌격합니다! 후속 부대는 멀리 떨어져서 흩어진 적들을 원거리 공격으로 처치해 주세요!"

"어어어?! 셋이서만 가자고?"

"너답지 않은 방식이네."

"……피해를 최소화하기 위해서는 결국 이 방법밖에 없습니다!"

라파엘은 자신이 전면에 나서서 전황을 뒤집는 싸움을 좋아하지 않았다.

성기사단의 기사들이 자신에게 의존하는 버릇이 들면 곤란하기 때문이었다.

라파엘은 프리즈마가 출현하면 목숨을 걸고 싸워야 한다. 만약 성기사가 사라졌을 때, 남은 기사들이 제대로 싸우지 못하면 문제가 심각해진다.

그래서 라파엘은 기사들 개개인이 사람들을 지킬 실력을 갖출 수 있도록 항상 주의를 기울이고 있었다.

특히나 성기사였던 레온이 성기사단을 나간 뒤로 이러한 경향은 더욱 강해졌다.

자신이 없어도 레온이 남아있다는 속 편한 생각을 할 수가 없어진 것이다.

다만, 아쉬운 감정은 있어도 원망은 없었다.

레온의 심정도 이해는 되었다.

게다가 레온이 성기사단을 떠난 계기는 라파엘의 고향인 유미르에서 발생한 사건이었다.

어떻게 보면 라파엘의 가족들을 위기에서 구해주었다고도 할 수 있었다.

이외에도 다양한 감정들이 교차했지만 지금 상황에서는 이 방법이 최선이었다.

"부단장님! 방금 말씀드린 대로입니다! 저희 셋이서 돌입할 예정이니 원거리에서 흩어진 적들을 요격해 주세요! 지휘를 맡기겠습니다!"

"예, 라파엘 님……! 전원, 원거리 공격 진형을 취해라! 서로를 엄호할 수 있을 만큼의 거리를 확보하고, 절대로 혼자 고립되지 않도록 한다! 진형을 유지하면서 라파엘 님과 하이랄 메나스 두 분의 뒤를 따라라!"

""알겠습니다!""

라파엘의 지시를 받은 부단장이 지휘를 위임받아 대원들을 정렬시키기 시작했다.

"자, 가시죠. 에리스 님, 리플 님!"

부단장과 동승 중이던 라파엘은 플라이 기어에서 내려 에리스와 리플의 플라이 기어로 갈아탔다.

"그래, 가자!"

에리스는 뱃머리에 세워 두었던 쌍검을 뽑아 돌격 준비를 했다.

"좋아……! 전속력으로 간다! 떨어지지 않게 조심해!"

리플이 조종간을 움켜쥔 손아귀에 힘을 주었다.

"네, 서둘러 주세요! 저는 떨어져도 끄떡없으니까요!"

"후훗. 확실히 라파엘이라면 끄떡없겠네. 그럼 간다!"

리플은 플라이 기어를 전속력으로 몰아 돌격을 개시했다.

세 사람이 탑승한 플라이 기어는 추진력을 강화한 특제품이었다.

눈 깜짝할 사이에 대열을 빠져나간 플라이 기어는 비행형 마석수의 무리 속으로 들어갔다.

이윽고 라파엘이 마인무구인 자신의 검을 뽑아 들었다.

붉은 보석처럼 반투명한 칼날은 은은하게 발광하고 있었고, 자루 부분에는 전설의 생물인 용이 조각되어 있었다.

딱히 라파엘이 용을 좋아해서가 아니라 원래부터 새겨져 있던 문양이었다.

이 검의 이름은 드래곤 팽. 강대한 용의 송곳니로 만든 마인무구였다.

용을 전설 속의 생물로 인식하는 지상과 달리, 하이랜드에서는 현실적인 존재인 모양이었다.

라파엘의 무기인 드래곤 팽은 상급 마인무구에 속했으나, 그 위력은 다른 상급 마인무구와 격을 달리했다. 무기화한 하이랄 메나스를 제외하면 가히 최강이라 불러도 손색이 없었다.

이 마인무구를 직접 목격한 세오도어 특사도 인정한 사실이었다. 그는 드래곤 팽이 대단히 강력한 무기지만 부담도 크므로 과도한 사용은 자제하라고 충고했다.

라파엘의 경험상 세오도어 특사의 말은 일리가 있었다.

이 마인무구가 처음 성기사단에 하사되었을 때, 레온과 무기의 소유권을 두고 이야기를 나눴던 적이 있었다. 결국 레온은 조금만 사용해도 지친다고 하면서 순순히 양보했다.

그날 이후로 라파엘이 줄곧 이 마인무구를 사용하고 있었다.

"하아아아아앗…………!"

라파엘은 드래곤 팽을 눈앞에 세우고 의식을 집중시켰다.

두근두근 맥동하는 힘이 칼날에서 전신으로 흘러들어 오는 것이 느껴졌다.

이 마인무구는 원래 용의 송곳니였다. 그렇다면 이 힘도 용의 기운이나 영혼인 걸까.

실제로 라파엘은 드래곤 팽에서 일종의 의지 같은 것을 느꼈다.

처음에는 몇 번 휘두르기만 해도 녹초가 되었지만, 언제부터인가 피로감이 조금씩 줄어들었다.

단순히 손에 익었다기보다는 검의 의지가 라파엘을 인정하고 힘을 빌려준 듯한 기분이었다.

그리고 라파엘 또한 조금씩 그 의지에 다가가고 있다는 생각이 들었다. 이 송곳니의 주인이었던 강대한 용의 의지에.

과연 그 끝에는 무엇이 기다리고 있을까.

"따라잡았다! 돌겨어어어억!"

리플이 조종간에서 한 손을 놓고 권총을 쥐었다.

총구에서 평소와는 다른, 일그러진 검은 빛이 소용돌이쳤다.

"먼저 이거다!"

리플이 발사한 검은색의 탄환은 빠른 속도로 날아가 전방의 마석수에 적중했다.

그러자 검은색의 소용돌이가 마석수의 육체를 침식하기 시작했다. 하지만 여기서 끝이 아니었다.

쿠구구구구.

소용돌이는 한층 더 확대되어 주변의 마석수를 끌어들였다.

리플의 이 탄환에는 강력한 중력의 '눈'을 발생시키는 효과가 있었다.

중력의 영향을 받은 마석수들이 제대로 저항조차 하지 못하고 한 지점으로 모여들었다.

"에리스! 지금이야!"

"알았어……! 베고, 베고, 또 베어 주겠어!"

뱃머리에 선 에리스의 쌍검이 수십 차례에 걸쳐 번뜩였다.

종횡무진 쏟아져 나온 에리스의 참격은 공간을 뛰어넘어 리플이 뭉쳐 놓은 마석수 떼를 엄습했다.

무시무시할 정도로 예리한 공격이었다. 에리스의 말대로 한데 뭉쳐있던 마석수들이 갈기갈기 찢겨 나갔다.

결국 마석수들은 몇 초 지나지도 않아 채로 썬 것처럼 갈라졌다.

"자, 다음! 계속해서 모아 줘!"

"좋아! 마구마구 간다!"

두 사람의 전투는 라파엘이 보기에도 믿음직했다.

그러나 에리스와 리플이 아무리 빠르게 적을 쓰러트려도, 마석수의 대군세 앞에서는 극히 일부에 불과했다.

이 기세로 무한히 움직일 수 있다면 좋겠지만, 두 사람의 체력에는 한계가 있었다. 지치면 기세도 사그라들 수밖에 없다.

라파엘은 두 사람이 지치기 전에 가세하기로 했다.

단숨에 적들을 무너트려 와해시킨 뒤, 남은 녀석들을 각개격파하면 된다.

설령 살아남은 마석수들이 베네픽군 측에 도달하더라도 수를 줄여 놓으면 어렵잖게 대응할 수 있을 것이다.

"저도 갑니다! 우오오오오오!"

그워어어어어!

라파엘이 울부짖자 이에 호응하듯 거대한 생물의 포효가 울려 퍼졌다.

드래곤 팽이 뿜어낸 용의 포효였다.

그와 동시에 라파엘의 몸이 드래곤 팽의 칼날과 똑같은 붉은색의 갑옷으로 뒤덮여 나갔다.

갑옷의 등 쪽에는 붉고 단단한 날개가 돋아나 있었다.

드래곤 팽과의 인연이 깊어지는 과정에서 발현된 형태 변화였다.

드래곤 팽에 숨겨져 있던 용의 힘이 라파엘에게 힘을 빌려주었다는 증거였다.

"있는 힘껏 내질러 버려, 라파엘……!"

"지치면 이쪽으로 돌아와! 우리가 무사히 데리고 돌아가 줄 테니까!"

"네, 알겠습니다! 흐아아아아아압!"

라파엘은 플라이 기어의 갑판을 박차고 기세 좋게 뛰어올랐다.

그의 등에 달린 날개는 장식이 아니었다. 용에 버금가는 강력한 비행 능력을 갖추고 있었다.

몸 앞에 검을 내세운 라파엘은 마석수의 무리 속을 일직선으로 가로질렀다.

촤악! 서걱, 서걱, 서걱, 서걱, 서걱!

라파엘을 가로막은 마석수는 감촉도 없이 토막이 나버렸고, 검에서는 막대한 열기가 뿜어나와 주변의 마석수를 불태워버렸다.

마석수 무리를 수직으로 뚫고 올라간 라파엘은 밑을 내려다보았다. 라파엘이 뚫은 구멍 너머로 에리스와 리플의 모습이 자그맣게 보였다.

하지만 그것도 잠시.

곧 구멍은 수많은 마석수 떼로 다시 메워지고 말았다.

"아직 멀었다!"

라파엘은 방향을 바꿔 마석수 무리를 아래쪽으로 비스듬히 가로질렀다.

이번에도 그의 앞을 가로막은 마석수들이 순식간에 증발했다.

"힘이 닿는 데까지 가겠어!"

다시 방향을 전환해 가로로 적진을 가로지르는 라파엘.

아군이 뒤섞여 싸우는 난전에서는 불가능한 일이었다. 자칫 같은 편이 말려들 수 있기 때문이었다.

이건 소수 인원으로 다수의 적에게 돌격할 때나 사용할 수 있는 전법이었다.

물론, 라파엘이 선호하는 방식은 아니지만, 하기로 한 이상 전력을 다할 뿐이다.

"우오오오오오오오오!"

붉은 섬광으로 변한 라파엘은 몇 번이고 돌진을 반복하며 마석수 무리를 도륙했다.

그러나 마석수는 도무지 줄어드는 것 같지 않았다. 적의 수가 너무 많았다. 그때, 마석수들의 움직임이 변화하기 시작했다.

"……좋아, 흩어지기 시작했군!"

무리를 이뤄 동쪽의 베네픽으로 향하던 마석수들이 세 사람의 공격을 의식했는지 뿔뿔이 흩어졌다.

인간으로 예를 들자면 사기를 잃고 패주하는 병사들처럼 보였다.

마석수에게 사기라는 개념이 존재하는지는 불명이지만, 본능에 따라 도망친 것이라면 인간들과 크게 다를 바 없었다.

"이제 흩어진 적들을 각개격파로 소탕하면 되겠지!"

라파엘은 이쯤에서 물러나기로 했다. 이미 상당한 힘을 소비해 무거운 피로감이 몰려오고 있었다. 지금 무리해서 쓰러질 수는 없는 노릇이었다. 이만 부하들의 곁으로 돌아가 지휘를 맡는 편이 좋을 것이다.

라파엘은 플라이 기어가 있는 곳으로 날아와 드래곤 팽을 칼집에 집어넣었다.

그러자 몸에 걸치고 있던 붉은 갑옷과 날개가 사라지며 원래의 모습으로 되돌아왔다.

"에리스 님, 리플 님, 적들이 와해되었습니다! 이제 충분합니다. 일단 돌아가서 본대와 합류하죠……!"

"알았어, 라파엘!"

"잠깐, 애들아! 저걸 봐!"

리플이 동쪽 하늘을 손가락으로 가리키며 외쳤다. 그곳에 플라이 기어와 플라이 기어 포트로 구성된 부대의 모습이 보였다.

"저건?!"

"베네픽군이야!"

새롭게 나타난 병사들의 장비에는 카랄리아나 성기사단이 아닌 베네픽의 문양이 새겨져 있었다.

날아오는 마석수들을 물리치기 위해 출격한 것이리라.

"다행이다, 도와주러 온 모양이야. 마석수의 숫자가 많아서 걱정했는데!"

적들을 뿔뿔이 달아나게 만들기는 했지만 그래도 그 수는 여전히 위협적이었다.

마석수가 사방으로 흩어지면 광범위한 지역에 피해가 발생할 가능성도 부정할 수 없었다.

이 근방에는 마을이나 거주지가 없었지만, 마석수가 계속 날아가다 보면 결국 언젠가는 사람이 사는 장소에 도달할 것이다.

그러니 이곳에서 최대한 수를 줄여놔야 했다.

그럴 수만 있다면 베네픽군의 손이라도 빌리고 싶은 심정이었다.

"네, 때마침 도착했군요……! 에리스 님, 리플 님! 저쪽의 지휘관과 대화를 나눠보는 게 좋을 것 같습니다! 마석수 토벌을 위해 베네픽과 공동 전선을 펼치겠습니다!"

"그러는 게 좋겠다. 가자!"

"알았어! 저쪽으로 몰게!"

리플은 베네픽군이 나타난 동쪽으로 뱃머리를 돌렸다.

이윽고 베네픽군이 마인무구를 이용해 원거리 공격을 날렸다. 화염과 얼음의 화살들이 쏟아져 나왔다.

하지만 그들의 표적은 마석수가 아니었다. 라파엘 일행과 떨어진 곳에서 마석수를 상대하고 있던 성기사단이었다.

한창 마석수 토벌에 주력하고 있던 성기사단은 베네픽군의 기습에 속수무책으로 당하고 말았다. 플라이 기어들이 파손되고, 그 파편이 지상으로 추락했다.

""대체 무슨……!""

라파엘도, 에리스도, 리플도 한순간 자신의 눈을 의심했다.

카랄리아군은 베네픽으로 향하는 마석수를 격퇴하고 있었다. 그런데 베네픽은 협력하기는커녕 그들을 공격했다. 이해할 수 없는 일이었다.

하지만 이미 상황은 벌어졌다.

마석수를 상대하던 성기사단의 진형이 흐트러지자 그 빈틈을 메우듯 마석수들이 일제히 밀어닥쳤다.

진형이 무너진 성기사단은 이에 대응하지 못했고, 결국 마석수에 의해 플라이 기어가 하나둘씩 파괴되었다.

설상가상 기습을 성공한 베네픽군도 성기사단을 향해서 돌격을 개시했다.

"마석수를 무시하고 우리 부대에 접근전을 걸 작정인가 봐!"

"무, 무슨 생각이래! 마석수가 눈앞에 있는데……! 이런 짓을 할 때가 아니잖아!"

에리스와 리플의 얼굴이 경악과 분노로 물들었다.

하지만 라파엘은 그녀들 이상으로 분노에 떨고 있었다.

"용서 못 해……. 마석수와 싸우고 있는 인간을 공격하다니!"

라파엘은 드래곤 팽을 뽑아 들고 힘을 개방시켰다.

그워어어어어어!

용의 포효가 울려 퍼지고, 붉은색의 갑옷과 날개가 라파엘의 전신을 뒤덮었다.

 "멈춰어어어!"

 "앗! 라파엘!"

 "기다려! 혼자서는……!"

 라파엘은 등 뒤로 들려오는 리플과 에리스의 목소리를 무시하며 베네픽군을 향해 날아갔다.

 라파엘이 하늘을 가로질러 베네픽군이 있는 장소에 도착했을 때, 그들은 마침 성기사단을 공격해 들어가기 직전이었다.

 "좋아, 가라아앗! 마석수든 성기사단이든 구분 말고 격추해라! 어차피 전부 우리의 적이다!"

 ""와아아아아!""

 함성을 내지르는 베네픽 병사들.

 바로 그때, 근처에서 날고 있던 마석수 한 마리가 거대한 폭발을 일으켰다.

 콰과아아아아아앙!

 하늘에서 울려 퍼진 굉음이 병사들의 함성을 지워버렸다.

 "뭐, 뭐지……?!"

 "무슨 일이야! 적습인가?!"

 "어, 엄청난 폭발이다……!"

 이윽고 폭염 속에서 라파엘의 당당한 목소리가 울려 퍼졌다.

 "경고한다! 그 이상 우리를 공격한다면 너희 또한 이렇게 될 것이다……!"

　노기를 띤 라파엘의 위압감에 베네픽의 병사들은 전율했다.

　"으, 으윽……?!"

　"저건?!"

　"카랄리아의 성기사인가!"

　"마석수를 앞에 두고 인간을, 그것도 마석수와 싸우고 있는 자들을 공격하다니. 그러고도 당신들이 기사입니까……?! 지금 당장 마석수 소탕에 협력해 주십시오……! 우리의 적은 인간이 아니라 마석수입니다!"

　그런데 그때 누군가가 라파엘의 말을 부정했다.

　"설교 고맙군. 하지만 마석수만을 기사의 적이라 할 수는 없는 법! 침략자를 격퇴하는 것 또한 기사의 중요한 역할이라고 생각하지 않나? 자네는 어떻게 생각하지? 카랄리아 최강의 기사로 이름 높은 라파엘 빌포드여!"

　적진 한복판에 떠 있는 플라이 기어에서 들려온 목소리였다.

　"당신은…… 붉은 사자 로슈폴……!"

　라파엘이 카랄리아 최강의 기사라면, 베네픽 최강의 기사는 로슈폴 장군이다.

　타오르는 듯한 붉은색의 장발이 인상적인 청년으로, 로슈폴 쪽이 약간 연상이기는 하지만 라파엘과 나이가 비슷했다.

　두 사람은 이미 기사 아카데미 재학 당시 대외 시합에서 대결한 적이 있었다.

결과는 호각.

덧붙여 특급 마인의 소유자라는 점 또한 라파엘과 같았다.

얼굴을 마주한 것은 시합 이후로 처음이었지만, 라파엘은 그에게 국경을 넘어선 동료 의식을 품고 있었다.

물론, 카랄리아와 베네픽의 관계는 오래전부터 좋지 않았다. 하지만 라파엘은 로슈폴과 서로 이해할 수 있을지도 모른다는 막연한 희망을 품고 있었다.

그러나 지금, 그 희망에 균열이 가기 시작했다.

"우리가 침략자라고? 대체 어느 입으로……!"

먼저 이 국경 지대로 병력을 집결시킨 것은 베네픽군 쪽이었다.

그것은 의심의 여지 없는 사실이었다.

"모르겠나? 자네는 이미 우리 베네픽의 영지에 발을 들였다. 군대가 허락도 없이 타국의 땅을 밟는 것을 침략이라 부르지! 마석수의 위협과 다를 바 없다! 격퇴하는 게 뭐가 잘못이지?"

"무슨 말을……?! 마석수 앞에서는 국경도 인종도 없어! 모든 인간이 손을 잡고 협력해야 해! 우리는 그 일념에 따라서 행동했을 뿐이다……! 그러지 않으면 언젠가 인류는 마석수에……!"

"애초에! 이곳에 마석수가 나타난 것은 누구 탓이지? 너희가 프리즈마를 옮겨왔기 때문이잖나! 마석수를 이용하여 혼란을 초래한 다음, 협력이라는 명목하에 우리를 공격할 심산으로!"

"그럴 생각은 추호도 없어! 로슈폴 장군, 당신이라면 지금 우리가 마석수와 싸우는 이유를 모르지 않을 텐데?! 이게 마석수를 방패 삼아서 나라를 침공하려는 자들의 싸움으로 보이나! 만약 진심으로 그렇게 생각한다면 눈이 멀어버렸다고밖에 할 말이 없군! 예전에 나와 겨뤘던 그 인물은 어디로 갔지?! 정치에 빠져서 무인으로서의 자긍심마저 잃어버린 건가!"

"핫하하하하하!"

라파엘의 지적에 로슈폴은 큰 소리로 웃어젖혔다.

"뭐가 그렇게 웃기지?!"

"여전히 세상 물정 모르는 도련님이로군! 옛날 그대로라 안심했다! 그래, 나도 안다. 너희는 마석수를 막아내기 위해 열심이었다. 타국에 발을 들이면서까지 싸울 만큼! 마석수 앞에서는 국경도 인종도 없다는 그 말에 모범을 보였다고 할 수 있겠지!"

"그걸 아는데 어째서……!"

"하지만! 결국 자네들은 마석수를 앞세워 쳐들어온 침략자란 점은 변하지 않는다! 모르겠나? 이 빌어먹을 세상에서는 본인의 의도가 어떻든 중요하지 않다는 뜻이다! 힘을 가지고 상대방을 제압한 자가 모든 것을 결정한다! 정의도, 진실도 힘이 만들어 낸 부산물에 지나지 않아!"

"대화의 여지는……?!"

"없다! 대화를 원한다면 검을 들어라, 라파엘 빌포드! 자네의 목이라면 공적으로 삼기에 부족함이 없겠지!"

"크윽, 당신이 그렇게 나온다면……!"

이쪽도 로슈폴을 물리치는 수밖에 없었다.

대장을 잃는다면 다른 병사들은 전의를 상실하고 마석수 토벌에 협력해 줄지도 몰랐다. 협력까지는 어렵더라도 이쪽에 대한 공격을 멈추게 할 수는 있을 것이다.

　로슈폴은 마석수보다 성기사단에 대한 공격을 우선시하는 듯했지만, 다른 베네픽 병사들도 똑같은 심정이라는 법은 없었다.

　개중에는 카랄리아와 다투고 있을 때가 아니라고 생각하는 자들도 적지 않을 것이다.

　로슈폴을 쓰러트려 이들이 행동에 나서도록 만드는 수밖에 없었다.

　"상대해 주겠다는 건가. 환영이다……! 하지만 이쪽도 바쁜 몸이라서 말이야! 순식간에 승부를 내 주마!"

　"얕보다간 큰코다칠걸. 설령 머릿수에서 불리하더라도 간단히 당하지는 않아!"

　"하하핫! 오해 마라! 오히려 네 실력을 인정하고 있기 때문이다! 더구나 그 검, 굉장히 강력해 보이는군. 역시 대국 카랄리아다. 훌륭한 기사와 마인무구다!"

　"……그래서 어쩌겠다는 거지?"

　"당연히 더 뛰어난 힘으로 상대해야지! 이리 와라, 아루루!"

　"네…….."

　로슈폴의 부름에 여기사 한 명이 곁으로 다가왔다.

　라파엘은 그녀가 평범한 여기사가 아니라고 짐작했다. 그녀는 리플과 마찬가지로 동물 귀와 꼬리를 갖고 있었다. 외관은 10대후반 정도. 리플과 비슷했다. 다만 씩씩하고 발랄한 리플과 달리, 차분하고 쓸쓸한 분위기가 감돌았다. 같은 수인종인데도 인상이 전혀 달랐다.

"……설마, 하이랄 메나스인가?!"

리플의 말에 따르면 수인종은 이미 멸종했다.

그들은 지상의 인간들과 달리 프리즘 플로에 닿기만 해도 영향을 받는다. 결국 모두 마석수가 되어 최후를 맞이했다.

현재까지 남은 수인종은 리플처럼 하이랄 메나스가 된 자들뿐이다.

하이랄 메나스는 프리즘 플로의 영향을 받지 않기 때문이다.

"느긋하게 실력이나 겨룰 때가 아니라서 말이지! 압도적인 힘으로 밀어붙이겠다!"

로슈폴은 라파엘을 응시하며 옆에 서 있는 아루루에게 손을 뻗었다.

"네……. 당신의 뜻대로……."

아루루는 소중한 것을 다루듯 그 손에 양손을 포개어 자신의 가슴으로 가져갔다.

파아아앗!

아루루의 몸이 눈부시게 빛나기 시작했다.

쳐다보는 이를 경외감에 빠트릴 정도로 찬란한 빛이었다.

직접 겪은 적은 없지만, 라파엘은 이 빛의 정체를 알고 있었다.

"이, 이럴 수가……?!"

이것은 하이랄 메나스가 진정한 힘을 발휘할 때 나오는 빛이다. 다시 말해서…….

"하앗하하하하! 그래, 착하지! 나의 힘이 되어라!"

"인간과의 싸움에서 하이랄 메나스를 무기화시켜 싸울 생각이냐?!"

"그 말대로다! 자아, 간다! 해치워 주마, 성기사!"

"이 멍청한 자식!"

라파엘의 분노가 정점에 달했다.

도저히 납득이 되지 않았다.

정말이지 멍청한 짓이라고밖에 표현할 방법이 없었다.

무기로 변한 하이랄 메나스를 들고 싸운 성기사는 강대한 힘을 얻은 대가로 목숨을 잃는다.

이건 성기사 모두가 아는 상식이다.

성기사로 임명되기 전, 본인의 의사를 확인하는 과정을 몇 번이나 거칠 정도다.

성기사는 상식을 초월한 재앙인 프리즈마로부터 인류를 수호하는 존재. 인류의 마지막 희망이자 마지막 요새다.

과거, 마석수가 고향인 유미르를 습격했을 때, 어머니인 이리나는 라파엘에게 다른 사람들을 버리고 달아나는 한이 있더라도 살아남아야 한다고 말했다.

당시에는 그 말에 반발심을 느꼈고, 지금도 그때 가족들을 지키려던 자신의 행동이 잘못됐다고는 생각지 않았다. 하지만 이제는 그날 어머니가 하셨던 말을 이해할 수 있었다.

성기사에게 부과된 사명은 그만큼 무겁다.

이 지상에서 살아가는 사람들의 희망이다.

이리나도 성기사와 하이랄 메나스에 관련된 진실은 모를 테지만, 이러한 진실이 존재하기에 더더욱 성기사가 짊어진 사명은 무거웠다.

이따위 싸움에서 하이랄 메나스를 무기화시키다니. 언어도단.

여기서 힘을 다하고 쓰러진다면 본래 성기사에게 주어진 임무를 완수할 수 없다.

대체 누가 프리즈마로부터 인류를 지킨단 말인가?

이것은 인류의 희망을 내던지고, 짓밟는 폭거나 다름없었다.

베네픽에는 성기사라는 칭호나 계급은 없을지도 모르지만, 로슈폴이 아무것도 모를 리는 없었다.

알고서도 이런 행동을 벌인 것이다.

"아루루 님이라고 하셨나요……? 당장 그만두세요! 아무런 희망, 구원도 없는 짓입니다! 하이랄 메나스의 진정한 힘은 프리즈마로부터 사람들을 지키기 위한 것이 아닙니까?!"

로슈폴은 대화가 통할 것 같지 않았기에 라파엘은 하이랄 메나스인 아루루를 설득했다.

하지만 대답은 돌아오지 않았다. 아루루는 눈 부신 빛 속에서 황금색의 거대한 방패로 변화해 나갔다.

"방패……?! 그렇다면 더더욱 사람들을 지키는 데 사용해야 하잖습니까……!"

이처럼 인간들과의 분쟁에 사용하기에는 어울리지 않는 힘이었다.

"지키고말고! 내게도 지켜야만 할 것이 있다! 너희 같은 침략자를 섬멸해서 말이지!"

"무슨 말 같지도 않은 소리를!"

"하하하하핫! 대단해, 대단한 힘이다, 아루루……! 너와 내가 하나가 되어 최강의 힘을 발휘하고 있어! 자아, 이 힘에 한껏 취해 보실까!"

휘이이이잉!

특유의 날카로운 진동음이 라파엘의 귀를 자극했다.

동시에 방패 표면에 박혀있던 보옥이 빛을 뿜어냈다.

그리고 그 빛은 한 줄기의 섬광이 되어 라파엘을 엄습했다.

"……?!"

상당한 속도였지만 드래곤 팽의 능력으로 구현된 날개 덕분에 라파엘은 간발의 차이로 피했다.

이윽고 라파엘을 비껴간 광선이 아래쪽의 바위산에 적중했다.

콰아아아앙!

굉음과 함께 성대한 흙먼지가 피어올랐다. 하이랄 메나스의 위력을 여실히 보여주고 있었다.

"……?!"

고작 한 발. 하물며 가느다란 광선이 이만한 위력을 지녔다니.

"아직 멀었어! 놓칠 성싶으냐!"

휘잉, 휘잉, 휘잉, 휘이이이잉!

라파엘을 향해서 날아오는 광선의 수가 삽시간에 늘어났다.

"크윽!"

전부 피하기는 힘들어 보였다. 그래서 라파엘은 광선 중 하나를 드래곤 팽으로 후려쳤다.

"윽⋯⋯?! 우와아아아아아앗!"

그러나 라파엘은 엄청난 힘에 떠밀려 후방으로 튕겨 날아가고 말았다.

간신히 추락은 면했지만, 공중에서 뒹군 탓에 앞뒤 분간이 되질 않았다.

정신을 차린 라파엘은 저 멀리서 나는 로슈폴의 플라이 기어를 발견했다.

그만큼 먼 거리를 튕겨나 버린 것이다.

"무슨 위력이⋯⋯!"

역시 궁극의 마인무구. 차원이 달랐다.

프리즈마에 대항할 수 있는 유일한 힘.

이 드래곤 팽도 하이랄 메나스에 한없이 가까운 마인무구라고 하지만, 현실은 넘을 수 없는 격차가 존재했다.

"거리가 벌어진 게 오히려 다행인가!"

정면으로 대치하면 불리하다. 방법을 바꿔야 했다.

로슈폴이라고 해도 하이랄 메나스의 진정한 힘을 발휘하고 무사히 끝날 리가 없다. 이 점을 이용해야 한다.

"이런 곳에서 헛된 죽음을 맞이할 수는 없어!"

인간을 상대로 하이랄 메나스를 휘두르는 로슈폴의 행위는 용서받지 못할 폭거다.

이대로 로슈폴이 힘이 다한다면 특급 마인을 소유한 자의 사명을, 프리즈마로부터 인류를 지킨다는 사명을 완수할 수가 없었다.

그것은 그에게 희망을 맡긴 자들에 대한 배신이었다.

헛된 죽음이라고밖에 표현할 방법이 없었다.

하지만 반대로 로슈폴에게 당하게 된다면 라파엘 또한 사명을 완수하지 못한다.

이 또한 헛된 죽음이었다. 그것만큼은 피해야 했다.

로슈폴이 언제까지 하이랄 메나스의 무기화를 유지할 수 있을지는 불명이지만, 그 시간이 길지 않으리라는 것만큼은 확실했다.

즉, 정면충돌을 피하고 시간을 끌면 상대방을 자멸시킬 수 있었다.

"어디를 가는 거냐! 성기사!"

불현듯 머리 위에서 목소리가 들려왔다.

"?!"

어느샌가 로슈폴이 몸을 다 가릴 정도로 거대한 원형의 방패를 앞세워 돌진해 오고 있었다.

"받아라아앗!"

쿠구우우우웅!

"크으윽!"

강렬한 충격과 함께 라파엘의 몸이 바위산으로 수직 낙하했다.

라파엘이 바닥에 처박히면서 지면이 파이고, 거대한 흙먼지가 피어올랐다.

한순간 의식이 몽롱해졌을 정도로 무시무시한 충격이었다. 맨몸이었다면 일격에 죽음을 맞이했을지도 몰랐다.

드래곤 팽으로 구현된 갑옷 덕분에 그나마 이 정도에 그친 것이다.

"하하하하핫! 좋아, 아주 좋아, 아루루! 카랄리아 최강의 기사가 이토록 무력하다니! 아아, 보이기 시작했다! 우리의 찬란한 미래가!"

"네게 미래는 없어! 무사히 끝나지 않을 거다……!"

"과연 그럴까! 애초에 자네하고는 상관없는 일이다! 이 일격으로 산산조각이 날 테니까!"

파직, 파직, 파지직!

원형 방패의 표면이 눈부시게 빛나는가 싶더니, 사나운 진동음이 나기 시작했다.

무서우리만치 강대한 힘이 방패에 응축되어 있었다.

그 여파만으로도 하늘 높이 치솟은 바위산이 무너질 정도였다.

"이걸로 작별이다!"

눈부신 방패가 위쪽에서 라파엘을 향해 돌진해 왔다.

"크윽……!"

아직 몸이 말을 듣지 않았지만, 어떻게든 일어나야 했다.

이 공격을 정통으로 맞으면 끝장이다.

"라파엘!"

바로 그때, 라파엘을 부르는 목소리가 들려왔다. 그리고…….

쿠구우우우우우웅!

귀가 욱신거릴 정도의 굉음.

로슈폴의 일격이 작렬하자 거대한 빛의 기둥이 솟아올랐다. 동시에 주변의 바닥이 증발하며 거대한 구덩이가 만들어졌다.

"무서운 위력이야! 이게 바로 프리즈마에 대항할 힘인가…….."

라파엘이 뒤를 돌아보며 중얼거렸다.

파괴의 규모가 엄청난 나머지 경악을 금할 수가 없었다.

"맞아……! 하지만 같은 힘으로 맞설 생각은 하지 마!"

에리스가 라파엘의 말에 대답했다.

로슈폴의 일격이 작렬하기 직전, 그녀가 플라이 기어를 전속력으로 몰아 라파엘을 낚아챘다.

"네, 에리스 님……! 저희의 사명은 프리즈마로부터 사람들을 지키는 것이니까요!"

"알았으면 됐어. 이대로 거리를 벌릴게!"

"예! 감사합니다. 그런데 리플 님은……?"

라파엘을 구하러 온 것은 에리스뿐이었다. 리플의 모습은 보이지 않았다.

"본대를 철수시키러 갔어. 저런 녀석을 상대로 병력을 낭비할 수는 없으니까……!"

"그렇군요. 좋은 생각입니다! 우리는 로슈폴 장군이 본대를 쫓지 못하도록 거리를 유지하며 관심을 끌기로 하죠……!"

"좋아!"

바로 그때, 누군가가 두 사람의 대화에 끼어들었다.

"그렇게는 안 되지! 양쪽 다 박살을 내주겠다……!"

로슈폴이 방패를 앞세워 엄청난 속도로 날아오고 있었다.

방패의 테두리에서 후방으로 빛이 분출되고 있었는데, 이 빛을 추진력으로 삼아서 비행하는 모양이었다.

"……?! 빠르다……!"

"벌써 따라잡혔어?!"

"하하하핫! 훌륭하다……! 엄청난 힘이야! 끝내주는구나!"

로슈폴이 큰 소리로 웃으며 시시각각 접근해 왔다.

"뭐가 저렇게 즐거운 거지?!"

"전쟁은 장난이 아냐……! 어째서 베네픽의 하이랄 메나스는 저런 남자에게……!"

하이랄 메나스가 무기화하기 위해서는 사용자와 마음이 하나가 되어야 한다.

하지만 지금 로슈폴의 모습은 단순한 광전사에 불과했다. 아루루라는 하이랄 메나스는 그런 자에게 힘을 빌려준 것이다.

극광을 띤 방패가 또다시 코앞으로 들이닥쳤다.

"라파엘! 조종을 부탁해! 하아아앗!"

에리스는 라파엘에게 조종간을 맡기고 뒤로 돌아섰다.

동시에 그녀는 쌍검을 뽑아 휘둘렀고, 두 개의 칼날이 공간을 도약해 날아갔다.

이윽고 방패를 움켜쥔 로슈폴의 팔에 십자 모양의 섬광이 번뜩였다.

하지만 에리스의 공격은 로슈폴의 몸을 뒤덮은 빛에 가로막히고 말았다.

"튕겨냈어?!"

"미녀에게 벌을 받는 것도 싫지는 않다만, 이런 약해빠진 공격으로는 한참 부족하지!"

"그러면 이건 어때!"

키이이잉!

에리스는 쌍검을 강하게 맞부딪치며 공간 도약 능력을 발동시켰다.

그러자 로슈폴의 눈앞에서 거대한 불꽃이 튀었다.

"윽……?! 시야를 차단할 셈인가?! 하이랄 메나스가 이런 조잡한 짓을……!"

"특급 마인을 함부로 사용하는 당신한테는 듣고 싶지 않아!"

에리스가 로슈폴에게 반박하는 사이, 라파엘은 플라이 기어를 급정지시켰다.

그러자 시야가 차단된 로슈폴은 플라이 기어를 보지 못하고 지나쳐 갔다.

"좋아……!"

라파엘은 그 틈에 방향을 전환하며 지면 가까이 고도를 낮추었다.

그러고는 로슈폴의 시야에서 벗어나기 위해 바위산 사이로 플라이 기어를 몰고 들어갔다.

"잘했어! 이대로 바위산을 엄폐물 삼아서 녀석을 떨쳐내자!"

"네, 에리스 님……! 몸을 숨길 장소가 좀 더 많았다면 좋았을 텐데……!"

산이나 숲이라면 안으로 들어가 몸을 숨길 수 있었겠지만 안타깝게도 근처에는 아무것도 없었다.

커다란 바위산이 몇 있을 뿐, 탁 트인 황무지였다.

"없는 건 어쩔 수 없지……! 하여튼 시간을 벌어야 해!"

"알겠습니다……!"

로슈폴에게 발각되지 않도록 저공비행을 유지하며 서쪽으로 향하는 두 사람.

이윽고 멀리서 얼어붙은 프리즈마의 모습이 보이기 시작했다.

"……! 저건?!"

"또 저렇게나 많이!"

다시금 프리즈마 근처에 대량의 비행형 마석수가 모여있었다.

프리즈마의 주변 일대를 까맣게 물들여 버릴 정도였다.

명백히 라파엘 일행이 처음 상대했을 때보다 더 규모가 불어나 있었다.

마석수들은 마치 기다리고 있었다는 듯 일제히 이동을 개시했다.

"안 돼! 마석수들이 서쪽으로 향하고 있어……!"

서쪽은 카랄리아가 있는 방향이었다.

"큭, 하필이면 이럴 때……! 인간들끼리 다투고 있을 때가 아니건만……!"

"에리스 님! 이렇게 된 이상 저 남자의 도움을 받아야 할 것 같습니다!"

"어떻게?! 설득이 통할 인물이 아니잖아……!"

"그럼 억지로 돕게 하면 됩니다!"

라파엘은 플라이 기어를 위쪽으로 기울여 바위산 지대에서 뛰쳐나왔다.

"……뭐 하는 거야?! 이러면 발각될 거야!"

에리스의 말이 끝나기가 무섭게 로슈폴의 목소리가 들려왔다.

"거기였나! 기사가 적에게 등을 보이면 쓰나!"

이쪽의 플라이 기어를 포착하고 달려드는 로슈폴 장군.

"그게 노림수입니다……! 이대로 마석수 속으로 돌격하겠습니다!"

라파엘은 마석수들 틈으로 모습을 숨기면서 로슈폴의 공격을 활용할 생각이었다.

"그렇구나! 위험한 도박이기는 하지만……!"

"양쪽 모두 해결하려면 이 방법밖에 없어요!"

“그래, 알았어!”

키이이잉!

에리스는 다시 한번 쌍검으로 불꽃을 튀겼다.

“그런 잔재주가 두 번이나 통할 것 같아!”

“벌써 따라잡혔어?!”

“에리스 님! 조종간을! 교대하겠습니다!”

라파엘은 에리스에게 조종간을 맡기고 밖으로 뛰어내렸다.

“우오오오오오오!”

그러고는 플라이 기어 뒤쪽으로 돌아가 기체를 손으로 밀기 시작했다.

플라이 기어에 드래곤 팽의 날개로 발생한 추진력을 더한 것이다.

덕분에 플라이 기어는 크게 가속했지만, 로슈폴을 떨쳐내지는 못했다.

이대로는 마석수 떼에 닿기보다 로슈폴과 충돌하는 게 먼저일 것 같았다.

“큭…… 이래도 부족한가.”

“앞으로 조금이면 되는데……!”

두 사람은 로슈폴에게 따라잡히기 직전이었다.

“하하하핫! 술래잡기도 여기까지…….”

바로 그때, 검은 탄환이 라파엘과 에리스를 지나쳐 로슈폴을 향했다.

"으윽?!"

탄환이 로슈폴의 다리에 명중하면서 로슈폴의 자세가 흐트러졌다. 이로 인해 플라이 기어와 로슈폴의 거리가 다시금 벌어지게 되었다.

"에리스! 라파엘! 도와주러 왔어!"

"리플!"

"리플 님!"

로슈폴을 물리치기에는 부족하지만 강력한 '중력의 눈'으로 자세를 무너트려 속도를 늦춘 것이다.

게다가 리플의 공격은 여기에서 끝나지 않았다.

"미안해! 힘을 빌려줘!"

리플이 탑승 중이던 플라이 기어를 향해 외쳤다.

플라이 기어를 전속력으로 돌진시킨 리플은 진로를 로슈폴에게 고정해 놓고 높이 도약했다. 기체를 포기한 것이다.

플라이 기어를 이용한 자폭 공격이었다.

콰과아아아아앙!

로슈폴의 황금색 방패와 격돌한 플라이 기어가 굉음과 함께 폭발했다.

"크으으윽?!"

결국 로슈폴은 움직임을 멈출 수밖에 없었다.

한편 기체를 포기한 리플은 동물처럼 날렵한 동작으로 라파엘과 리플이 타고 있는 플라이 기어에 탑승했다.

"덕분에 살았어! 나이스 타이밍이야!"

"상황은 대충 이해했어! 하마터면 큰일 날 뻔했구나!"

"네, 그래도 리플 님 덕분에 도착했습니다!"

라파엘이 말하는 사이에 플라이 기어는 마석수 무리 속으로 돌입했다.

"놓칠 성싶으냐! 절대로 놓치지 않겠다!"

플라이 기어를 뒤쫓아 마석수 무리로 뛰어드는 로슈폴.

그러자 방패에서 뿜어져 나온 빛의 여파가 주변의 마석수들을 집어삼켜 나갔다.

라파엘이 드래곤 팽을 이용해 마석수 무리를 뚫고 지나갔을 때보다도 압도적인 광경이었다.

"노림수 대로입니다. 엄청난 위력이네요……!"

"하지만 저런 힘을 언제까지고 유지할 수는 없을 거야!"

"맞아, 라파엘의 판단이 옳았어! 이대로 저 남자와 마석수를 공멸시킨다면……!"

수많은 마석수 속은 숨어서 도망치기도 훨씬 수월했다.

언젠가 로슈폴은 힘을 다할 것이고, 그때쯤이면 마석수는 대부분 전멸했을 것이다.

"나무를 숨기려면 숲이라는 거냐!"

불현듯 로슈폴이 소리치며 급정지했다. 이어서 그는 황금색 방패를 하늘 높이 치켜들었다.

"멈췄어……?!"

"저건?!"

"무슨 속셈이지……?!"

방패가 한층 더 눈 부신 빛을 발하더니, 로슈폴의 몸이 황금빛 구체로 뒤덮여 나갔다.

"그렇다면 숲을 통째로 날려주마!"

휘이이이이이잉!

이윽고 응축되었던 황금빛이 날카로운 공명음과 함께 폭발적으로 확산했다.

이 빛에 닿은 마석수들은 가루처럼 분해되었다.

"아직도 저런 힘이 남아있었나?!"

"늦었어……!"

"안 돼, 벗어날 수 없어!"

급속도로 퍼진 빛은 라파엘 일행의 눈앞으로도 밀어닥쳤다.

"'으아아아아아아악!'"

결국 빛에 휘말린 세 사람은 엄청난 충격을 받아 튕겨 나가고 말았다.

라파엘의 눈앞이 한순간 새까맣게 물들었다. 그리고 뒤이어 단단한 물체에 등에 충격이 느껴졌다.

파직!

동시에 들려오는 무언가가 깨지는 소리.

반짝이는 작은 파편들이 시야에 들어오고, 피부에 차가운 감촉이 느껴졌다.

"이건…… 프리즈마의 얼음?!"

튕겨 날아간 라파엘은 프리즈마를 뒤덮은 얼음에 처박혀 있었다.

"으, 으으……!"

"아야야……!"

에리스와 리플도 라파엘과 마찬가지로 프리즈마의 얼음에 반쯤 박혀있었다.

이 얼음이 충격을 완화해 준 듯했다.

얄궂게도 성기사와 하이랄 메나스의 숙적이라고 할 수 있는 프리즈마가 세 사람을 구해준 것이다.

"설마 프리즈마의 도움을 받게 될 줄이야……!"

라파엘은 얼음 속에 봉인된 프리즈마를 바라보았다.

부딪친 곳은 프리즈마의 머리 부분이었고, 그 거대한 눈은 여전히 감겨……있지 않았다.

프리즈마가 눈을 번뜩이며 라파엘을 쳐다보았다.

"……?!"

틀림없었다.

지금, 눈이 마주쳤다!

"에리스 님, 리플 님! 프리즈마가……!"

"……! 결국 완전히 눈을 뜬 건가!"

"위, 위험해. 활동을 시작할 거야……!"

하지만 로슈폴은 멈추지 않았다.

"자, 그럼 끝장을 내 보실까!"

"그만둬! 이 이상 프리즈마를 자극하지 마! 프리즈마는 이미 각성했다! 자신을 공격했다고 판단하면 반격할 거야!"

"한꺼번에 해치워 버리면 그만이다!"

로슈폴이 최후의 일격을 날리려던 그때.

콰아아아아아아앙!

커다란 파열음과 함께 프리즈마를 뒤덮고 있던 거대한 얼음이 산산이 조각났다.

마치 폭발하는 듯한 충격으로 인해 얼음 표면에 박혀있던 라파엘 일행은 얼음 파편들과 함께 날아가 바닥에 떨어져 한참을 굴렀다.

"으…… 으윽……! 결국……!"

"아아……! 프리즈마가!"

"깨, 깨어나 버렸어……!"

온몸이 무지개색으로 빛나는 거대한 새.

아름답고도 경이로운 모습이었다. 그러나 저것이야말로 성기사와 하이랄 메나스의 숙적. 즉, 성기사로서 하이랄 메나스를 손에 쥐고 싸워야 할 때……!

그렇게 되면 라파엘은 목숨을 잃을 것이다.

하지만 각오는 되어 있었다.

성기사로 임명된 뒤부터 라파엘은 언젠가 이날이 찾아올 것을 각오했다.

라파엘이라고 죽고 싶을 리가 없었다.

라피니아와 잉그리스가 성장하는 모습을 지켜보고 싶었다.

부모님께 효도하며 고향 유미르를 위해 힘쓰고 싶었다.

하지만 이는 어디까지나 개인적인 욕망에 불과했다.

라파엘은 성기사로서 자신과 하이랄 메나스에게 맡겨진 사람들의 희망에 부응해야만 했다.

이렇듯 확고한 신념이 있기에 라파엘의 입에서는 자연스럽게 그 말이 흘러나왔다.

"에리스 님, 리플 님……! 이렇게 된 이상 저도 목숨을 걸겠습니다……! 프리즈마가 부활한 이상, 더 망설일 필요는 없습니다!"

"자, 잠깐만, 라파엘! 서두르지 마……! 좀 더 신중하게, 상황을 파악한 다음에 행동으로 옮겨도 늦지 않아……!"

"맞아! 아직 프리즈마가 마을로 향할 거라는 보장도 없잖아! 아슬아슬한 때까지 지켜보자!"

"하지만 여기서 프리즈마를 쓰러트리지 않으면 피해가……!"

"가능성만으로 너를 잃을 수는 없다고……! 아직 아니야!"

"맞아. 게다가……!"

바로 그때, 로슈폴이 큰 소리로 세 사람을 비웃었다.

"핫하하하하! 한심한 녀석들! 지켜보고 있어라, 겁쟁이들아! 우리가 프리즈마를 박살 내 줄 테니까! 평생의 빚으로 알고 영원히 나를 우러러보면서 살도록 해라!"

로슈폴은 빛나는 방패를 앞세워 프리즈마를 향해 돌진하기 시작했다.

「이 틈에 도망쳐요! 여기는 저희에게 맡기고……!」

동시에 리플의 머릿속에서 목소리가 들려왔다.

"어……?! 방금 들었어?! 얼마 전에 들었던 목소리야. 자기들한테 맡기고 도망치래……!"

"예?! 저는 아무 소리도……!"

"나한테도 안 들렸어!"

머릿속의 목소리는 자신들에게 맡기고 도망치라고 말했다.

어쩌면 이 목소리의 주인은 로슈폴이 들고 있는 방패, 하이랄 메나스가 아닐까?

하지만 왜 지금 와서 도망치라는 것일까. 자세히 캐묻고 싶었지만, 지금은 그럴 여유가 없었다.

"으랴아아아아아아!"

로슈폴이 프리즈마를 향해 육박했다.

그러자 공격을 인식한 프리즈마가 그를 바라보았다.

이윽고 프리즈마의 눈이 빛나더니, 로슈폴의 진로를 가로막듯 바닥에서 거대한 무지갯빛 결정이 솟아났다.

"이까짓 돌덩이로 나를 막으려 하다니 가소롭구나!"

콰광! 콰광! 와장창!

프리즈마가 만들어낸 무지갯빛 수정을 부수며 앞으로 나아가는 로슈폴.

이윽고 황금색의 방패 프리즈마의 몸에 충돌했다.

쿠구구구구구구구궁!

프리즈마와 힘겨루기를 시작한 방패는 환한 빛을 발하며 프리즈마의 겉면을 깎아 나갔다.

"공격이 통하고 있어요!"

"아니야, 부족해······!"

"오히려 당할 거야······!"

"예?!"

캬오오오오오오오!

에리스와 리플이 라파엘의 질문에 대답하기도 전에 프리즈마가 우렁차게 울부짖으며 날개를 펼쳤다.

"으으윽?!"

로슈폴은 무시무시한 풍압에 뒤로 날아갔지만, 곧 공중에서 자세를 바로잡고 재돌격을 감행했다.

처음 공격한 곳을 다시 노리는 로슈폴. 하지만······.

슈우우욱!

로슈폴의 공격은 그 이상 프리즈마의 상처를 벌리지 못했다.

프리즈마가 방패의 빛을 흡수하여 상처를 회복한 것이다.

"아니······?!"

로슈폴이 눈을 부릅떴다.

"이 괴물 자식······!"

로슈폴은 상황을 파악하고 일단 거리를 벌렸다.

피가 거꾸로 솟은 것처럼 보여도 싸움에 있어서는 냉정했다.

아니, 야생의 감이라고 표현해야 할 것이다.

그만큼 프리즈마가 보여준 현상은 이질적이었다.

"역시……! 이전 그대로, 아니, 그 이상이야……!"

"그때보다 흡수가 더 빨라졌어……!"

"잠들어 있는 사이에 더 강해졌다니…….."

"뭐가 어떻게 된 거죠?! 에리스 님, 리플 님!"

"저 프리즈마는 머리가 잘 돌아가! 우리 공격을 파악해서 내성을 갖출 줄 안다고……!"

"그리고 결국에는 공격을 흡수하지! 그래서 쓰러트리지 못하고 봉인한 거야……!"

"이제 저 기술은 먹히지 않아! 다른 공격을 써야 해!"

"아까 마석수를 쓸어버렸던 기술이라면 통하겠지만…… 그것도 몇 번이면 막힐 거야. 예전보다 학습 속도가 올라간 것 같아……!"

"그럼 저희도 힘을 보태죠! 그 방법밖엔……!"

하지만 에리스와 리플은 라파엘의 제안을 받아들이지 않았다.

"아니, 우선 저 남자를 멈춰서 협력 태세를 갖춰야 해……!"

"맞아……! 이대로라면 저 방패의 공격이 모두 무력화될 거야!"

"그를 설득하기보다 힘이 먼저 다할 겁니다! 그는 벌써 상당한 힘을 소모했어요……! 함께 싸우려면 지금밖에 기회가 없어요!"

세 사람이 논쟁을 벌이던 그때였다.

사방에서 수많은 마석수가 모습을 드러냈다.

비행형 마석수뿐만이 아니었다. 짐승과 벌레 등 온갖 종류의 마석수가 속속들이 출현하고 있었다.

"이게 대체……?!"

"프리즈마는 존재 자체가 프리즘 플로 덩어리야……!"

"주변에 있는 생물들은 모조리 마석수로 변한다고 생각해!"

"그렇다면 더더욱 늦기 전에 처치해야……!"

파아아앗!

프리즈마의 전신이 강렬한 빛을 띠기 시작했다.

로슈폴의 방패가 두르고 있던 황금색의 빛이었다.

"이 자식……! 우리와 같은 빛을?!"

로슈폴이 가증스럽다는 듯이 외쳤다. 그리고 프리즈마의 몸에서 발생한 빛은 무수한 광탄이 되어 사방으로 쏟아져 나왔다.

콰과과과과과과과광!

프리즈마가 내뿜은 광탄은 주변의 마석수를 산산조각 내버리고, 바닥에 커다란 구멍을 남겼으며, 라파엘 일행의 눈앞으로도 날아왔다.

한 발, 한 발이 무시무시한 위력과 속도를 품고 있었다.

도저히 피할 수 있는 공격이 아니었다.

""라파엘!""

에리스와 리플이 몸을 던져 라파엘을 감쌌다.

"……크으!"

그리고 프리즈마가 만들어 낸 광탄이 그 위로 떨어졌다.

라파엘은 눈앞의 광경을 바라보며 의식을 잃고 말았다.

릭클레어의 폐허 인근에 설치된 야영지.

하이랜드의 아크로드 이벨은 지하 깊숙한 곳에 잠들어 있던 신룡 후페일베인을 기신룡으로 만들어 데리고 가 버렸다.

이벨은 알카드를 뒤에서 조종하여 카랄리아를 침공하려 했다. 하지만 이마저도 원래 목적인 신룡에 비하면 곁다리에 불과했는지 별다른 미련도 보이지 않고 하이랜드로 돌아가 버렸다.

신룡은 식량난의 해결에 도움이 되었지만, 용의 강대한 힘은 알카드의 국민에게는 여전히 애물단지였다.

그런 신룡이 사건의 주모자인 이벨과 함께 사라져 버렸다. 내색은 안 해도 다들 속으로 안도의 한숨을 내쉬는 분위기였다.

이걸로 끝이었다면 기신룡과 싸우지 못한 잉그리스만의 비극이었겠지만, 안타깝게도 사건은 아직 진행 중이었다.

야영지에 도착한 두 개의 급보.

하나는 카랄리아 국경에 포진해 있던 알카드군이 이곳 릭클레어로 접근 중이라는 것이었다.

다른 하나는 카랄리아 동부전선에 놓았던 얼어붙은 프리즈마가 행동을 개시해 카랄리아군을 패퇴시켰다는 보고였다.

현재 프리즈마는 왕도 카이랄을 향해서 이동 중인 듯했다.

그 소식을 들은 라피니아는 라파엘과 에리스, 리플이라면 분명 괜찮을 테니 자신들은 알카드에서 할 일을 하자고 말했다.

즉, 릭클레어로 진격 중인 알카드군의 격퇴를 우선하자는 뜻이었다.

하지만 잉그리스는 라피니아의 말에 고개를 가로저었다.

이번처럼 중요한 결정에서 잉그리스가 라피니아의 결정을 거부하는 경우는 극히 드물었다.

라피니아는 화들짝 놀라며 잉그리스를 바라보았다.

"크리스가 자진해서 덜 싸우는 선택지를 고르다니……?! 아, 혹시 라파 오라버니가 프리즈마를 쓰러트려 버릴까 봐 걱정하는 거야……?! 그러면 못써! 아까도 말했지만, 우리는 이곳의 주민들을 지켜야 하니까 이쪽이 우선이야! 알았지!"

"안 돼. 라니. 그럴 수는 없어."

"어째서……? 언제나 결정은 나더러 하라고 말했으면서……. 호, 혹시 내가 뭐 잘못한 거야……?"

"아니, 그게 아냐. ……에리스 씨와 리플 씨가 나를 기다리고 있거든. 서둘러야 해."

전령 임무를 마치고 복귀한 기사의 입에서 라파엘이 전사했다는 말은 나오지 않았다.

성기사의 죽음은 매우 중대한 사건이다.

만약 전사했으면 반드시 보고를 올렸을 것이다.

따라서 라파엘은 아직 무사하다.

그리고 이 와중에도 프리즈마는 지금도 왕도 카이랄을 향해서 나아가고 있다.

라파엘이 무기로 변한 하이랄 메나스를 움켜쥐고 프리즈마를 막아섰다면 전투의 결과가 어찌 되었든 라파엘은 돌아오지 못할 강을 건넜을 것이다.

다시 말해 프리즈마를 막아내고 죽었든, 막아내지 못하고 죽었든 전투를 치렀다면 소식이 도착했어야 한다.

하지만 잉그리스는 아무런 보고도 받지 못했다. 즉, 라파엘이 아직 결전에 임하지 않았다는 뜻이다.

물론 라파엘도 어른이었다. 어렸을 때처럼 무턱대고 싸우려 들지는 않을 거다. 하지만 근본적으로 프리즈마의 위협을 잠자코 지켜보고 있을 성격도 아니었다.

잉그리스는 에리스와 리플이 라파엘을 필사적으로 뜯어말리고 있을 광경이 눈에 선했다.

아마도 프리즈마의 진격으로 발생하는 피해를 최대한 억제하면서 기다리고 있을 것이다.

잉그리스가 달려와 프리즈마를 격파해 주기만을.

그렇다면 라파엘은 목숨을 잃지 않아도 될 테니까.

그녀들은 한 줄기의 희망에 걸고 있는 거다.

잉그리스에게도 라파엘은 소중한 가족이었다.

그리고 무엇보다 라파엘에게 무슨 일이 생긴다면 라피니아가 슬퍼할 것이다.

마음속에 평생 지워지지 않을 커다란 슬픔을 떠안고 살아가게 되리라.

귀여운 라피니아가 그런 불우한 삶을 살도록 만들 수는 없었다.

　"크리스를 기다리다니……? 도대체 왜? 프리즈마의 퇴치가 늦어지면 늦어질수록 피해가 커지잖아……!"

　라피니아는 납득하지 못하는 눈치였다.

　"에리스 님과 리플 님이 프리즈마와의 전투를 피하고 싶어 한다는 뜻이야? 어째서……?"

　"그러고 보니, 왕도에 미성숙한 프리즈마가 출현했을 때도 비슷한 일이 있었어요. 리플 님과 교장 선생님은 하이랄 메나스를 무기화시켜 싸우자는 실바 선배를 말리셨었죠. 레오네의 오라버니도 그랬고요. 결국 잉그리스가 끼어들어서 흐지부지되고 말았지만요."

　"맞아. 다짜고짜 선배를 기절시키는 바람에 기겁했지……. 혹시 그때 잉그리스의 행동은 단지 본인이 싸우고 싶어서가 아니었던 거야? 뭔가 다른 이유가 있었다던가……?!"

　영리한 레오네와 리제롯테는 곧바로 추론해 나가기 시작했다.

　"크리스, 나한테 숨기는 거 있어?! 뭘 숨기는 건데?!"

　"으음……."

　이 이상 억지로 숨겨봤자 무의미한 짓일 것이다.

　무엇보다, 앞으로 라피니아가 행동을 결정하는 데 있어 이 사실이 중대한 영향을 끼칠 터였다.

　현재 라티의 형인 윈젤 왕자가 이끄는 알카드군이 이곳으로 진격해 오고 있었다. 라피니아가 진실을 알게 된다면 라파엘을 내

버려 두고 이쪽의 방어를 우선하자고 말하지는 못할 것이다.

만약 알고도 그렇게 말한다면 잉그리스도 라피니아의 의견에 따를 테지만.

어쨌든 상황을 정확하게 파악하지 못하면 적절한 판단을 내릴 수 없다.

판단 재료는 빠짐없이 제시할 필요가 있었다.

"음, 미안해. 짐작대로 라니한테 말하지 않은 게 있어. 하지만 그 전에⋯⋯."

일단은 양해를 구해두는 편이 좋을 것이다.

잉그리스는 자신들을 둘러싼 라티의 부하 기사들을, 아니, 다시 그들을 빙 에워싸고 있는 주민들에게로 시선을 옮겼다.

"레온 씨, 죄송해요. 에리스 씨와 리플 씨에 대해서 전부 말하도록 할게요."

""에에에에에엑?!""

잉그리스의 발언에 다른 일행들이 경악성을 터트리며 잉그리스의 시선을 따라 고개를 돌렸다.

"⋯⋯이거야 원. 벌써 들켰나. 이만한 인파 속에 숨었는데도 기척을 알아채다니, 너한테는 두 손 들었어. 여자애한테 할 말은 아니지만 거의 짐승 수준이네."

잉그리스에게 지목당한 인물이 어깨를 으쓱이며 항복 의사를 표했다.

뒤이어 그는 깊게 눌러쓰고 있던 후드를 걷었다. 그러자 후드

아래에서 쓴웃음을 짓는 레온의 얼굴이 모습을 드러냈다.

"강자의 기척에는 민감한 편이라서요."

잉그리스는 레온을 향해 빙그레 미소 지었다.

"부탁이니까 그만둬. 너하고 싸울 생각은 없다고."

"아쉽지만 저도 마찬가지입니다."

하지만 잉그리스에게는 마침 좋은 타이밍이었다.

잉그리스가 지금부터 라피니아에게 설명할 내용에 레온의 증언이 더해진다면 신빙성도 늘어날 것이다.

"진짜 레온 씨야……!"

"오라버니……! 언제부터 이곳에 숨어 계셨던 건가요?!"

"얼마 안 됐어. 젊은 녀석들이 화기애애하게 떠들고 있길래 선뜻 나서기가 힘들더라. 오히려 발각당한 게 잘된 일일지도 몰라."

아무래도 레온은 임무를 마치고 돌아온 기사들과 비슷한 시점에 이곳으로 도착한 듯했다.

"혈철쇄 여단은 알카드에 개입하지 않을 생각인 걸로 알고 있었는데요."

"뭐, 그렇지. 나도 알카드에 용건이 있어서 온 게 아니야. 대장의 지시로 너한테 제안할 게 있어서 왔어."

"제안이라뇨?"

"제안이라고는 해도 이미 반쯤은 해결된 것이나 다름없지만. 베네픽 국경의 전황은 방금 너희가 들은 대로야. 프리즈마는 계속해서 마석수를 만들고 있고, 기사단이 감당하지 못한 부분은

혈철쇄 여단이 나서서 돕고 있어. 하지만 프리즈마 본체를 격파하지 않으면 밑 빠진 독에 물 붓기야. 그래서 우리 대장이 너를 찾아서 데려오라고 지시한 거지. 이동 수단도 준비해 놨어. 어때, 타고 갈래?"

레온이 하늘을 올려다보며 한곳을 가리켰다.

어두컴컴한 먹구름 사이로 커다란 함선의 그림자가 엿보였다.

"그랬군요……. 친절한 배려 고맙습니다. 하지만 그 전에 다른 아이들에게 상황을 설명해야 해요. 조금만 기다려 주세요."

"알았어. 하지만 서둘러 줘. 시간이 없거든. 이런 소리를 할 처지는 아니지만, 라파엘 녀석을 도와줘. 부탁한다."

"네, 물론 그럴 생각이에요. 자, 라니. 얘들아. 조용한 곳으로 장소를 옮기자."

잉그리스는 자신들이 숙소로 사용하고 있는 목조 건물을 가리키며 말했다.

"레온 씨도 같이 가실래요?"

"아니, 됐어. 아무리 에둘러 설명해도 즐거운 이야기는 아닐 테니까. 나는 위에서 출발 준비를 하고 있을게. 단…… 너희, 지금부터 잉그리스가 하는 말은 전부 사실이야. 마음 단단히 먹고 듣도록 해."

레온은 그렇게 말한 뒤 발걸음을 돌려 떠나갔다.

"크리스가 라파 오라버니를 돕는다고? 그야 함께 싸우면 도움이 되긴 하겠지만……."

"……의미심장한 말이네."

"그러게요. 일단 이동하죠."

그런데 그때였다. 머리 위쪽에서 또 다른 누군가의 목소리가 들려왔다.

"잉그리스 님! 잉그리스 님……!"

굵직한 남성의 목소리였다.

목소리와 생김새 모두 낯이 익었다.

"레더스 씨……?!"

플라이 기어에 탑승한 채로 모습을 드러낸 것은 카랄리아 왕국의 근위기사단장인 레더스였다.

"레, 레더스 씨까지 이곳에 오시다니."

"근위기사단장이 왜……."

"도대체 뭐가 어떻게 된 거죠?"

레더스는 잉그리스를 이상하리만치 신봉하는 특이한 인물이지만 그래도 엄연한 근위기사단장이다. 전령 노릇이나 할 신분이 아니었다.

그런 레더스가 이곳에 나타난 것이다. 무언가 심상치 않았다.

"오오오, 잉그리스 님……! 찾아다녔습니다! 가련하신 그 모습을 보니 쌓여있던 피로가 확 날아가는 기분이군요!"

"아하하…… 고맙습니다. 저를 찾았다고 하셨는데 프리즈마의 활동과 관련된 일인가요?"

"이쪽에도 정보가 도착한 모양이군요! 말씀대로입니다, 잉그리스 님. 하지만 제가 특명을 받은 시점은 그 이전입니다……!"

"이전이라고 하심은?"

"예! 프리즈마가 당장이라도 움직일 징후를 보이고 있으니 잉그리스 님을 전선으로 보내달라는 두 하이랄 메나스의 요청입니다!"

"흠, 그렇군요."

잉그리스는 이미 에리스와 리플이 자신을 기다리고 있다고 추측했었다. 이로써 그 추측에 신빙성이 생겼다.

두 사람은 프리즈마가 행동을 개시하기도 전부터 이 상황을 대하고 있었다.

결과적으로는 뒷북이 되고 말았지만.

"웨인 왕자와 세오도어 특사의 보고를 받은 국왕 폐하께서 하이랄 메나스의 요청을 따르라고 특명을 내리셨습니다! 중대한 명령이기에 만에 하나 잘못 전달되는 일이 없도록 제가 직접 달려왔습니다만…… 행방을 찾는 사이 늦어지고 말았습니다. 죄송합니다!"

"아뇨, 고생하셨어요. 고맙습니다."

잉그리스는 레더스에게 정중히 감사를 표했다.

"그럼 정말로 에리스와 리플 님이 크리스를 기다리고 있었단 거잖아……?!"

"혈철쇄 여단도 잉그리스를 불렀고 말이지."

"잉그리스는 이곳에 온 뒤로 인기 만점이네요."

"그러게. 후페일베인과 기신룡으로 변한 이벨 님한테 미움을 사버려서 난감하던 참이었거든. 전장으로 불러주니 고마울 따름이야."

"……도대체 어째서 다들 크리스부터 찾는 걸까. 프리즈마의 부활은 국가의 중대사잖아. 도무지 이해가 안 돼……."

"나한테는 아무런 제약도 없으니까. 그런 힘이 필요한 거겠지. 에리스 씨도, 리플 씨도, 라파엘 오라버니도."

""……?""

잉그리스가 온화하게 미소 지으며 말했다. 하지만 라피니아와 다른 일행들은 고개를 갸웃할 뿐이었다.

레더스도 그녀들과 비슷한 반응을 보였다. 보아하니 레더스도 성기사에 대한 진실을 모르고 있는 모양이었다.

"들어가서 전부 설명해 줄게. 얼른 가자."

잉그리스는 일행들을 데리고 숙소 안으로 이동했다.

"뭐, 뭐라고……?! 그게 사실입니까, 잉그리스 님?!"

잉그리스가 하이랄 메나스와 성기사에 대한 진실을 털어놓자 숙소 안에 레더스의 우렁찬 목소리가 울려 퍼졌다.

"네, 사실이에요. 틀림없어요. 믿기 어렵겠지만."

"확실히 제가 들은 이야기 속의 성기사들은 다들 프리즈마와 싸워 죽음을 맞이하고 말았습니다……. 하지만 그건 프리즈마와의 전투가 너무나 치열했기 때문이라고 생각했습니다. 그래서 제 동생인 실바라면 그 징크스를 극복해 줄 것이라 여겼건만……!"

"이건 극복하고 말고의 문제가 아니에요. 프리즈마를 격파할 정도의 힘을 가진 성기사가 하이랜드에 대항하지 못하도록 의도 적으로 설계된 것입니다. 자신들의 밭인 지상이 과도하게 황폐해 지는 걸 막고자 프리즈마를 토벌하고, 동시에 지상 최강의 전력 인 성기사를 처리해 버리는 거죠. 잘 짜인 구조라고 생각합니다. 이러한 구조 덕분에 지상과 하이랜드의 관계가 오래도록 이어져 온 거겠죠."

"으음……! 잉그리스 님……! 그렇다면 하이랄 메나스는 지상 을 구원할 여신임과 동시에 제 동생 실바와 성기사들의 목숨을 앗아가는 사신이라는 말씀이십니까?!"

"그렇게 표현할 수도 있겠죠. 그래서 이 사실이 극히 일부에게 만 전해져 왔던 거고요. 진실이 널리 퍼진다면 하이랄 메나스를 원망하고, 반발하는 자들이 등장할 테니까요. 이런 사람들은 나 라를 통치하는 데 방해가 될 뿐이에요. 어차피 지상을 지키려면 하이랄 메나스에게 의지하는 수밖에 없으니까요……. 그럴 바에 는 차라리 하이랄 메나스를 지상을 지키는 여신으로 추앙받게 만 드는 쪽이 형편에 좋겠죠. 근위기사단장인 레더스 씨조차 몰랐다 는 사실이 그 증거예요. 아마도 성기사 본인과 왕족들만이 진실 을 알고 있었을 겁니다."

"그, 그럴 수가……. 아무리 잉그리스 님의 말씀이라지만 믿기

어렵군요."

"하, 하지만 진실일 거예요, 레더스 님. 레오네의 오라버니······ 레온 씨께서도 말씀하셨거든요. 지금부터 잉그리스가 하는 말은 전부 사실이라고. 잉그리스가 무슨 말을 하려는지 곧바로 눈치를 채신 거겠죠······."

"맞아. 그 말대로야, 리제롯테."

"레온 오라버니······. 나, 전혀 몰랐어. 이런, 이런 짐을 짊어지 고 있었을 줄이야."

레오네가 고개를 숙인 채로 말했다.

"······레온 씨는 진정한 의미에서 지상을 지켜내려면 이대로는 안 된다고 생각했던 거겠지. 계속 성기사 노릇을 한다면 프리즈 마로부터 사람들을 구원할 수 있을지는 몰라도, 하이랜드와 하이 랜더로부터 지킬 수 있는 건 아니니까."

"으, 응. 그렇네······. 직접 이야기해 줬다면 좋았을 텐데······." 가슴 앞에 움켜쥔 레오네의 손이 파르르 떨리고 있었다.

고개를 숙이고 있어 얼굴은 보이지 않았지만, 필사적으로 눈물 을 참고 있는 듯했다.

"그래도 레오네와 아르멘 마을 사람들한테 민폐를 끼친 건 사 실이니까. 면목이 없다고 생각했을 거야."

"······오라버니답네. 평소 태도는 가볍지만 실제로는 누구보다 섬세하거든."

"······나도 그렇게 생각해."

잉그리스는 미소 지으며 레오네의 어깨에 손을 얹었다.

반대편에서는 리제롯테가 가까이 다가와 레오네를 위로했다.

"라파 오라버니는 레온 씨하고 조금 달라서…… 설령 하이랜드와의 관계에 아무런 변화가 없더라도 프리즈마가 나타나면 누군가는 사람들을 위해 싸워야 한다고 생각할 거야. 둘 중에 무엇이옳은지는 관점에 따라 다르다고 봐. 그래서 라파 오라버니도 레온 씨를 비난하지 않았고, 레온 씨도 라파 오라버니를 도와줬으면 좋겠다고 말한 걸 거야."

"응…….."

"두 분 모두 저희가 모르는 곳에서 마음고생하고 계셨군요."

잉그리스의 말에 레오네와 리제롯테가 고개를 끄덕였다.

한편 라피니아는 말없이 잉그리스를 꽉 끌어안았다.

"라니, 많이 놀랐지? 괴로운 이야기였을 텐데. 괜찮아?"

"……미안해, 크리스."

"응?"

"혼자서 끌어안고 있느라 힘들었지? 알아채지 못해서 미안해."

"라니……. 고마워. 라니는 상냥하구나."

심각한 이야기를 들어 충격을 받았을 텐데도 라피니아는 잉그리스를 걱정해 주었다.

상냥하고 심성이 강한 아이라서 다행이라는 생각이 들었다.

라피니아의 성장을 지켜보는 자로서 기쁠 따름이었다.

"나는 괜찮아. 지금껏 숨겨서 미안해. 리플 씨한테도 비밀로 해

달라고 부탁을 받았거든."

"……듣고 보니 살짝 열받네."

꽈아아악!

라피니아가 팔에 힘을 주어 끌어안긴 잉그리스를 졸라맸다.

"아야야……! 내, 내가 어떻게든 할 테니까 용서해 줘!"

"……할 수 있겠어?"

"물론이지. 에리스 씨와 리플 씨가 나를 부른 이유가 그 때문인걸. 아무런 제약도 없는 내가 프리즈마를 쓰러트리면 라파 오라버니가 목숨을 잃을 일도 없고, 아무도 슬퍼하지 않아도 돼. 에리스 씨와 리플 씨도 성기사가 목숨을 잃는 장면을 지켜봐 오면서 괴로웠을 거야. 나도 강적을 상대해서 고마울 따름이고. 좋은 일 투성이잖아?"

"정말이지 크리스답네!"

라피니아가 머리를 홱 들었다.

눈물 자국이 남아있기는 했지만, 표정은 평소처럼 밝아져 있었다.

"이런 상황에서도 기뻐하는 크리스는 인간적으로 좀 문제가 있다고 생각하지만, 이독제독이라는 말도 있으니까!"

"누가 들으면 오해하겠네. 그래도 뭐, 후페일베인에게 하사받은 이 검으로 반드시 프리즈마를 쓰러트려 보일게. 후후후후, 역시 결국에는 마석수야, 마석수……!"

신룡의 비늘로 만든 특제 대검. 프리즈마라면 첫 실전 상대로서 부족함이 없었다.

역시 마석수는 훌륭한 적이었다.

쓸데없는 생각 없이 온 힘을 다해서 싸우니까.

적어도 후페일베인이나 이벨처럼 이것저것 따져가며 전투를 피하지는 않는다.

"글쎄. 신룡은 하사했다고 생각하지 않을걸?"

"내 말이. 오히려 힘으로 빼앗은 것 같은데."

"뭐, 이것도 어떻게 보면 이독제독이라고 할 수 있겠네요. 신룡이 위험한 존재였던 건 확실하니까요."

"완전히 독 범벅이구나, 크리스는!"

"다들 너무해……! 그래도 기운을 차린 것 같아서 다행이네. 이제 어떻게 할래? 내가 한시라도 빨리 돌아가야 한다고 말했던 건 방금 설명한 이유 때문이었어."

라피니아에게 판단 재료는 제공했다.

잉그리스는 지금 바로 돌아가는 것을 권장했지만, 만약 라피니아가 안 된다고 말한다면 따를 생각이었다.

"으음……."

라피니아가 진지한 표정을 지었다.

"고민할 필요 없잖아, 라피니아! 지금 바로 돌아가자!"

"레오네, 하지만……!"

"알고 있어! 알카드군은 나와 리제롯테가 남아서 어떻게든 해 볼게……! 지금부터는 둘로 나뉘어서 행동하는 게 좋겠어. 잉그리스와 라피니아는 곧장 돌아가도록 해! 괜찮지, 리제롯테?"

"네……! 레오네가 말을 꺼내지 않았다면 제가 그러자고 했을 거예요!"

"얘들아……."

"서두르면 늦지 않을 거야! 가서 라파엘 님을 도와드려……! 그러면 레온 오라버니가 짊어진 마음의 짐도 조금은 가벼워질 테니까."

"고마워……! 그러면 우리는 곧장 카랄리아로 돌아갈게. 라티, 프람. 마지막까지 도와주지 못해서 미안해……!"

라피니아의 말에 라티는 고개를 좌우로 가로저었다.

"아니, 우리야말로 하나부터 열까지 전부 도움을 받아서 면목이 없어. 마음 같아서는 다들 카랄리아로 돌아가라고 말하고 싶지만…… 그럴 수가 없어서 미안하다!"

"잉그리스, 라피니아. 조심해요……! 그리고 프리즈마를 쓰러트리면 다시 알카드를 방문해 주세요. 이번에야말로 맛있는 음식을 잔뜩 마련해 놓을 테니까요."

"오오! 그건 기대되는걸! 안 그래, 크리스?"

"응. 질 수 없겠어……!"

라피니아와 함께 고개를 끄덕인 잉그리스는 근처에서 대기 중인 레더스를 바라보았다.

"그러면 레더스 씨, 얼른 카랄리아로 돌아가죠."

"예! 감사합니다, 잉그리스 님! 그러면 빌포드 공작께서 체류 중인 전선에 들러서 고속정으로 갈아타는 방향으로……."

"아뇨, 그럴 필요 없어요. 이미 돌아갈 수단이 준비되어 있거든요."

부우우우웅…….

잉그리스의 대답에 부응하듯 지붕 위에서 거대한 구동음이 울려 퍼졌다.

레온이 언급했던 혈철쇄 여단의 함선이 잉그리스 일행을 맞이하러 온 것이다.

"마침 마중을 나온 모양이네요. 가자, 라니. 레더스 씨도요."

잉그리스를 따라서 숙소를 나간 일행은 하늘을 올려다보았다.

고도를 낮춘 공중전함이 야영지 전체를 뒤덮을 정도의 거대한 그림자를 드리우고 있었다.

"오오……! 이건 하이랜드의……?!"

"정확히는 그걸 혈철쇄 여단에서 나포해 간 거지만요. 이벨 님이 카랄리아 왕궁을 방문했을 때의 전함이 아닌가 싶어요."

이벨의 전함을 보수하여 혈철쇄 여단의 전력으로 삼은 듯했다.

카랄리아 왕국 전체를 통틀어도 여기에 필적할 만한 함선은 세오도어 특사의 전용선 정도밖에 없을 것이다.

현재 세오도어 특사의 전용선은 성기사단에서 군사적으로 이용하고 있었다. 그러나 혈철쇄 여단이 보유한 전함의 무장 역시 전용선에 전혀 뒤처지지 않았다.

"혈철쇄 여단이라 하셨습니까?! 아, 안 됩니다, 잉그리스 님!

자칫 반역자들과 손을 잡았다고 오해를 살 수도 있습니다!"

"긴급 사태니 써먹을 수 있는 건 전부 써먹어야죠. 저희가 가장 우선시해야 할 일은 국왕 폐하의 특명을 완수하는 것이잖아요?"

"하, 하지만……! 저 함선에 타는 것은 적의 아가리 속으로 걸어 들어가는 꼴입니다! 언제 습격당할지 모릅니다……!"

"그럼 저야 고마울 따름이죠. 이동 중의 준비 운동으로 썩 괜찮겠네요. 새로운 검의 성능을 시험해 볼 수도 있겠고요."

"그, 그렇습니까. 역시 잉그리스 님은 대담한 분이시군요……! 알겠습니다. 저도 각오를 다지고 함께하도록 하겠습니다."

"네. 그럼 탑승하죠. 라니도 괜찮겠지?"

"응. 그런데 말이야. 스타 프린세스호를 타고 가는 게 더 빠르지 않을까……?"

"세 명이 타면 제 속도가 나지 않을걸. 둘만 간다고 쳐도 카랄리아까지는 상당히 멀어. 그 거리를 전속력으로 날아가면 기체가 버티질 못할 거야. 적어도 중간까지는 전함을 타고 움직이는 게 나아. 게다가……."

"게다가?"

"혈철쇄 여단의 전함이라면 가지고 갈 수 있거든. 저걸 말이지."

잉그리스는 레오네와 리제롯테가 주로 작업하던 도축장을 흘끔 쳐다보았다.

그곳에는 잘라낸 지 얼마 되지 않은 신룡의 신선한 꼬리가 통째로 놓여 있었다.

"신선한 고기……?! 저걸 통째로?!"

"응. 전함에 실어서 옮기면 상하기 전에 가져갈 수 있을 거야. 라파 오라버니한테 맛보여 주자."

"좋은 생각이야! 분명 라파 오라버니도 기뻐할 거야!"

"지금 바로 가지고 올게!"

그리고 잠시 후.

"자, 출발하자, 라니!"

"응……! 기다려 줘, 라파 오라버니! 맛있는 용 고기를 잔뜩 먹게 해줄 테니까!"

잉그리스와 라피니아가 진지한 표정으로 고개를 끄덕였다.

잉그리스는 신룡의 꼬리를 어깨에 통째로 짊어지고서. 라피니아는 거대한 육포 덩어리를 두 손 가득 끌어안고서.

참고로 레더스도 육포를 잔뜩 안아 들고 짐꾼 노릇을 해야만 했다.

"……표정하고 행동이 완전히 따로 노네요."

"매, 매번 있는 일인걸……. 그래도 저렇게 전리품을 한가득 싸 들고 간다는 건 라파엘 님을 반드시 구해내겠다는 결의의 표현이라고 봐."

"차라리 저러는 편이 저 녀석들다우니 좋지 않을까? 심각해진다고 일이 더 잘 풀리는 것도 아니고……."

"분명 괜찮을 거예요……! 오히려 저희야말로 잉그리스와 라피니아가 후회하지 않도록 분발해야 해요……!"

일행들이 두 사람을 배웅하는 사이, 공중전함 하부의 격납고가 열리며 혈철쇄 여단 소속의 병사가 얼굴을 비추었다.

"엄청난 짐인걸⋯⋯?! 지금 배를 내릴 테니까 조금만 기다려라!"

"아뇨, 됐어요! 서둘러야 하잖아요! 뒤로 조금만 물러나 주시겠어요?!"

"⋯⋯? 뭘 어쩌려고⋯⋯ 으아악?!"

병사의 대답이 끝나기도 전, 잉그리스는 신룡의 꼬리를 끌어안은 채로 맹렬한 도움닫기를 시작했다.

마지막으로 잉그리스는 남겨진 일행들을 뒤돌아보았다.

"그러면 다들, 기사 아카데미에서 다시 만나자! 하아아압!"

잉그리스는 용의 꼬리에 무게 따위 존재하지 않는다는 듯이 바닥을 박차고 공중으로 뛰어올랐다. 그리고 그대로 정확하게 함선의 격납고 안으로 들어갔다.

쿠우우우우웅!

잉그리스와 신룡의 꼬리가 착지하자 그 충격으로 선체가 크게 기울어졌다.

"우오오오오옷!"

"나, 날았어⋯⋯?! 저 커다란 걸 들고서⋯⋯!"

"괴, 괴물이군⋯⋯! 수령님이 불러들일 만도 해!"

잉그리스는 당황한 혈철쇄 여단의 병사들에게 꾸벅 인사를 건넸다.

"카랄리아까지 태워 주신다고 하더군요. 잘 부탁드립니다."

"오, 오오……?"

"이, 이렇게 보니……."

"어, 엄청 예쁘다……. 시스티아 님 이상일지도……?"

"어이, 너희. 시스티아 앞에서는 말조심해라? 그 녀석은 잉그리스를 싫어하거든."

레온이 병사들 사이에서 모습을 드러냈다.

"……저는 딱히 그분을 싫어하지 않습니다만."

"그 녀석이 툭하면 싸움을 걸어대서 그렇지?"

"네. 호전적인 분은 언제나 환영입니다."

"하하. 너는 늘 변함이 없구나. 지금은 그런 점이 믿음직스러워."

바로 그때 스타 프린세스호를 탄 라피니아가 모습을 드러냈다.

잉그리스를 따라 격납고 안으로 들어온 것이다.

"레온 씨……! 출발하기 전에 레오네와 대화를 나누지 않아도 괜찮은 건가요……? 아직 늦지 않았어요……!"

"아니, 지금은 일각을 다투는 상황이야. 최대한 빨리 너희를 데려가야 해. 게다가 나는 레오네를 볼 낯이 없거든……. 뭐라고 변명을 하든 나 때문에 여동생이 엄청난 고생을 한 건 사실이잖아. 오히려 진실이 밝혀지게 놔둬서 가문의 오명을 씻겠다는 목적으로 간신히 버티고 있는 레오네를 또 괴롭게 만든 걸지도 몰라. 못난 오라버니라서 면목이 없다."

레온은 죄책감을 느꼈는지 잉그리스와 라피니아로부터 돌아선 채로 뒷머리를 긁적였다.

"괜찮아요. 레오네가 말했거든요. 어떤 사정이 있더라도 자신이 할 일은 변하지 않는다고. 반드시 레온 오라버니를 쓰러트리겠다고."

　"······라니?"

　레오네는 그런 말을 한 적이 없다.

　잉그리스가 라피니아를 쳐다보자 라피니아는 쉿, 하며 검지를 치켜세웠다.

　"그렇구나······. 하지만 그걸로 된 거야. 차라리 그게 나을지도."

　"······거짓말이에요."

　"뭐······?!"

　"라파 오라버니를 도와주면 레온 씨의 마음도 가벼워질 테니까 빨리 다녀오라고 말했어요."

　"······! 레오네가 그런 말을······."

　"······어느 쪽이 더 마음에 들어요?"

　라피니아가 레온을 향해 짓궂은 미소를 지어 보였다.

　"나 원. 짓궂은 질문이군."

　레온은 항복했다는 듯이 두 손을 들었다.

　"라파 오라버니는 우리한테 맡겨 주세요. 대신에 지금이 아니라도 좋으니까 레오네한테 꼭 사과하고 화해하세요! 알았죠······?!"

　"라피니아······."

　"뭐, 대부분의 활약은 제가 아니라 크리스가 할 거지만요!"

　"겸손해할 거 없어, 라니. 내 힘은 라니의 힘이나 마찬가지니까.

내 힘이 필요하다면 언제든지 사용해도 돼."

"하하하……. 정말로 사이가 좋구나, 너희는. 알았어. 언젠가 화해할 수 있도록 새겨들을게."

"좋아요. 그러면 얼른 출발하시죠! 전속력으로!"

"라니도 참. 우리는 얻어 타는 처지잖아."

"아니, 괜찮아. 라피니아한테는 왠지 모르게 부탁을 들어주고 싶은 묘한 매력이 있거든. 자, 출발하자!"

레온이 주변의 병사들을 향해서 큰 소리로 선언했다.

""예!""

레온의 지시를 받아 각자의 위치로 흩어지는 혈철쇄 여단의 병사들.

"너희가 사용할 선실로 안내해 줄게. 아, 그 전에."

레온이 잉그리스와 라피니아에게 잘 접힌 검은색의 두꺼운 의상을 건넸다.

"이건……?"

잉그리스가 레온에게 물었다.

"여단에 소속된 병사들이 입는 옷이야. 너희 건 여성용이지. 지금 차림으로는 다른 사람들 눈에 띄어서 곤란할까 봐 준비했어. 마음이 내키면 갈아입도록 해. 뭐, 필요 없으면 버려도 되고."

"……어떡할래, 크리스? 솔직히 마음에 걸리는데……."

이번에 힘을 빌려주고는 있지만, 혈철쇄 여단은 반하이랜드 게릴라 조직이다.

카랄리아의 기사라는 입장상 토벌해야 할 자들이었다.

과연 그런 자들의 옷을 입어도 되는 것일까. 입어봤자 짧은 기간이지만, 그래도 라피니아는 고민이 되는 모양이었다.

옷의 디자인 자체는 훌륭했기에 입어보고 싶기는 한 눈치였다.

그래서 굳이 마음에 걸린다고 말한 것이다.

"입어도 괜찮지 않을까? 옷에는 죄가 없잖아."

잉그리스도 라피니아와 비슷한 심정이었다.

새로운 옷을 입어볼 수 있다는 사실이 마음을 설레게 했다.

거울에 비치는 자신의 모습을 신선한 느낌으로 감상할 수 있으니까.

선실에 도착하면 곧바로 갈아입어 볼 생각이었다.

"으…… 으으…….."

정신을 차린 라파엘의 흐릿한 시야 너머로 둥그런 창문이 보였다.

그곳에는 드넓은 하늘이 비치고 있었다.

"하늘……? 여기는 비행선 안인가……?! 마, 맞아! 프리즈마는 어떻게 됐지……?!"

아마도 이곳은 성기사단이 본진으로 삼고 있는 세오도어 특사의 전용선일 것이다.

라파엘이 기억하고 있는 것은 로슈폴과의 전투 도중 활동을 개시한 프리즈마가 무수한 광선을 발사한 대목까지였다.

"아, 라파엘! 다행이다. 눈을 떴구나……!"

"몸은 좀 괜찮아? 어디 아프진 않고?"

방 안에는 에리스와 리플이 있었다. 줄곧 라파엘을 간호해 준 모양이었다.

"저는 괜찮습니다. 두 분이야말로 저를 감싸다가……. 죄송합니다."

라파엘의 몸 상태를 걱정하는 두 사람이야말로 보기 안쓰러운 모습을 하고 있었다.

리플은 목과 팔에 붕대를 감고 있었고, 에리스는 한쪽 눈에 안대를 하고 있었다.

에리스와 리플은 프리즈마의 공격으로부터 라파엘을 감싸 주었다.

덕분에 라파엘은 무사할 수 있었지만 두 사람은 이런 몰골이 되고 말았다.

"괜찮아. 하이랄 메나스는 튼튼하거든. 내버려 두면 금방 나을 거야."

"맞아. 신경 쓰지 마. 사실 이것도 유난을 떤 거지. 주변 사람들이 걱정할까 봐 상처가 보이지 않도록 가렸을 뿐이야. 움직이는 데는 지장 없어."

"……고맙습니다. 저, 그런데 제가 얼마나 정신을 잃었나요?"

"일주일 정도는 잤을걸?"

"응, 맞아."

"일주일이요……?! 프리즈마가 움직이기 시작한 마당에 일주일이나 성기사의 의무를 저버리다니! 이후에 상황이 어떻게 되었나요……?!"

"프리즈마는 여전히 왕도 방면으로 이동하고 있어. 다만 서두르는 기색은 없어서 녀석을 앞지르는 데는 성공했어. 서서히 후퇴하면서 상황을 지켜보는 중이야."

"다행히도 아직 프리즈마의 진로에 커다란 마을은 없었어. 덕분에 커다란 피해는 면할 수 있었지."

"그렇군요……. 하지만 프리즈마는 프리즘 플로 덩어리나 마찬가지라고 하셨잖아요. 무더기로 생겨난 마석수가 주변 마을을 습격하진 않았나요……?"

"습격했지. 그래서 성기사단은 소규모 부대로 나뉘어서 프리즈마의 진로 주변의 마을들로 파견을 나간 상태야. 그곳에 도달한 마석수를 토벌하기 위해서 말이야. 웨인 왕자와 세오도어 특사의 지시였지."

"그렇군요……. 하지만 병력이 부족할 텐데……."

"그거라면 걱정 마. 적어도 당장은. 원군이 있거든."

"리플 님, 원군이라뇨?"

"혈철쇄 여단이야. 프리즈마 때문에 늘어난 마석수를 사냥해서 수를 줄이고 있다는 모양이야."

"혈철쇄 여단이라고요?! 믿어도 괜찮은 겁니까……?!"

"상황이 이러니 이용할 수 있는 건 전부 이용하자는 게 왕자와 특사의 의견이야. 다소 찜찜하지만 나도 찬성이고. 이전번의 전투로 우리 측도 피해가 적지 않게 나왔으니. 성기사단만으로는 역부족이야."

"……그런가요. 그렇다면 힘을 빌리는 것도 나쁘지 않겠군요. 그러고 보니 크리스와 라니의 말로는 혈철쇄 여단에도 하이랄 메나스가 있다고 했지요. 그리고 레온도……."

"그래, 맞아."

"그러니까 아직은 괜찮아. 앞으로 잘하면 되지!"

이런 상황에서도 리플은 밝은 목소리로 격려해 주었다. 라파엘도 미소를 지으며 고개를 끄덕였다.

"네, 리플 님……! 그런데 그자는…… 로슈폴은 어떻게 되었나요?"

"모르겠어. 우리도 프리즈마의 공격으로 날아가 버렸거든. 그 이후로는 보이질 않더라. 애초에 베네픽군 자체가 어디로 갔는지를 모르겠어."

"하이랄 메나스를 전력으로 휘둘러 댔으니 어떻게 됐을지는 안 봐도 뻔해. 군대도 장군을 잃고 자기네 나라로 돌아갔을 거야."

"그렇군요. 로슈폴 장군은 어째서 자살 행위나 다름없는 짓을……."

"짐작도 안 가. 정신 상태도 정상 같아 보이지는 않았고."

"……터무니없는 녀석이었어. 폭주한 그 녀석의 공격이 프리즈마를 자극해서 깨워버린 걸지도 몰라."

"……베네픽의 하이랄 메나스는 어째서 그 남자에게 힘을 빌려준 걸까요. 마음이 통하지 않았다면 무기로 변하지도 않았을 텐데."

"로슈폴 장군의 행동에 납득했기 때문이 아닐까."

"로슈폴 장군에게 공감할 만한 인물로는 보이지 않았습니다."

"내가 도착했을 때는 이미 무기화된 상태였어. 어떤 인물인지까지는 몰라."

"나도. 어떤 애였어?"

"아루루라는 분이었는데, 리플 님과 같은 수인종이었어요. 하지만 분위기는 리플 님과 다르게 차분하고 우울한 느낌이랄까……."

"잠깐, 말에 뼈가 있는데? 나는 천방지축 말괄량이로 보인다는 뜻이야?"

"아, 아뇨! 그렇지 않아요. 단지 수인종은 대부분 리플 님처럼 밝은 분들이라고 생각했던 터라……."

"당연히 사람마다 다 다르지. 아, 잠깐……. 그렇구나! 텔레파시였어……!"

"……? 무슨 소리야?"

"떠올려 봐. 저번에 둘이서 프리즈마의 상태를 확인하러 갔을 때, 나한테만 목소리가 들린 적이 있었잖아? 그 목소리가 사실은 아루루라는 아이가 보낸 텔레파시였던 거야. 과거에 수인종은 이런 식으로 의사소통을 나눴거든."

"수인종만의 특수 능력이구나."

최근 리플은 이 특수한 능력을 악용당해 수인종 마석수가 끊임없이 소환되는 사건을 겪어야만 했다.

하지만 원래는 멀리 떨어진 거리에서 의사소통을 가능하게 해주는 능력이었다.

"응. 나 이외의 수인종은 전멸했다고 생각해서 미처 알아채지 못했어. 수인종 하이랄 메나스가 나 말고도 또 존재했다니……."

"아루루 님의 목소리를 들었다고요……? 뭐라고 하셨나요?"

"얼른 도망가라고 하던데. 우리를 걱정해 주는 눈치였어."

"혹시 아루루 님은 로슈폴 님의 행동을 우려했던 걸까요……?"

"아마도."

"글쎄요. 아닐지도 모르죠……."

라파엘은 시선을 떨구며 고개를 가로저었다.

"뭐?"

"아닐지도 모르다니?"

"그렇다면 어째서 로슈폴은 아루루 님을 무기화시킬 수 있었던 거죠? 그건 하이랄 메나스와 성기사의 마음이 하나가 되어야만 발휘되는 최강의 힘이잖아요. 리플 님을 걱정했던 아루루 님과 로슈폴 장군의 뜻이 같았다고 말하기는 어렵지 않을까요……?"

"마음이 하나가 된다는 것이 반드시 뜻이 같다는 걸 의미하진 않아."

"맞아……. 딱하게 됐어. 분명 그 아루루라는 아이는 아직 어린 걸 거야……. 겉모습이 아니라 여기가."

리플은 자신의 가슴을 팡팡 두드렸다.

마음을 가리키는 제스처였다.

"예? 대체 무슨 말씀이신지."

""………….""

라파엘의 둔감한 반응에 에리스와 리플은 답답함을 느꼈다.

품행 단정하고, 타인에게 상냥하고, 자기희생도 개의치 않는 영웅적인 청년이건만 이런 쪽으로는 완전히 젬병이었다.

"이, 이 주제는 여기까지 해두자. 깊게 생각해 봤자 의미 없어. 너는 그 남자를 만날 일도 없을 테니까. 그보다는 우리 쪽 문제부터 해결해야지."

"맞는 말이야. 그 아루루라는 수인종 아이와 한번 대화를 나눠 보고 싶기는 했지만……."

"하이랄 메나스는 불로불사의 존재잖아. 언젠가 다시 새로운 성기사를 얻은 그 아이와 만나게 될지도 몰라."

"응. 지금은 분명 괴로울 테지."

"그렇겠지……. 하지만 스스로 이겨낼 수밖에 없어."

에리스와 리플도 비슷한 경험이 있는지 시선을 떨구며 고개를 끄덕였다.

"……그런데 에리스 님. 지금 저희가 있는 장소가 어딘가요?"

"아르멘 마을의 상공이야. 프리즈마의 진로가 이쪽으로 이어져 있거든. 원래 그 프리즈마는 아르멘 마을에 안치되어 있었잖아? 그래서 다시 이곳으로 되돌아올 가능성이 크다고 판단했어."

"……그렇다면 프리즈마가 이곳에 당도하는 때가 결전의 순간 이겠군요."

"맞아. 왕자와 특사의 생각도 같아. 프리즈마가 이곳을 빠져나 가면 왕도에 도달해 버릴지도 모르니 그 전에 해치워야 한다는 거지. 성기사단뿐만 아니라 각지의 영주들이 거느리는 기사단도 아르멘에 집합시킬 예정이야."

"아마 기사 아카데미의 학생들도 참전하게 될 거야. 방금 밀리 에라가 웨인 왕자에게 인사를 하러 오는 모습을 봤거든."

"저를 부르셨나요?"

바로 그때 장본인인 밀리에라 교장의 목소리가 들려왔다. 그녀는 방문을 살짝 열고 이쪽을 엿보고 있었다.

"오? 밀리에라?"

"사람 말을 엿듣다니 예의가 없네."

"아, 죄송해요. 안으로 들어오려는데 마침 제 이름이 들리길래."

그렇게 말한 밀리에라는 뒤늦게 방문을 똑똑 두드렸다.

"하하하. 수고하셨어요, 밀리에라 선배."

라파엘이 기사 아카데미에 재학 중이던 당시, 아카데미의 졸업생이자 성기사 후보이기도 했던 밀리에라는 종종 라파엘의 훈련을 도와주고는 했다.

두 사람은 그때부터 알고 지낸 사이였다.

"라파엘……. 다쳐서 잠들어 있다고 들었는데, 눈을 뜬 모양이네요. 다행이에요……!"

"네. 에리스 님과 리플 님이 구해주신 덕분입니다."

"그랬군요. 에리스 씨와 리플 씨는 괜찮으신 건가요?"

"괜찮아, 괜찮아. 벌써 거의 다 나았어!"

"나도 마찬가지야."

"밀리에라 선배, 죄송합니다. 기사 아카데미의 학생들을 동원하는 사태로까지 발전시켜 버려서……. 다 제가 부족한 탓이에요."

"무슨 소린가요. 어쩔 수 없는 일이잖아요. 상대는 인간을 상대로 무기화한 하이랄 메나스를 휘둘러 대는 작자라고 들었어요. 무사한 것만으로도 기적이죠. 앞일은 지금부터 잘 풀어나가면 돼요."

"예……. 저, 그런데 라니와 크리스도 와 있나요?"

"아뇨, 아직. 두 사람은 다른 임무를 받고 북쪽의 알카드로 향했거든요."

에리스와 리플은 라파엘이 잠들어 있는 사이 왕자와 특사로부터 잉그리스 일행의 동향을 들어 알고 있었다.

하지만 잉그리스를 북쪽으로 보낸 것은 커다란 오판이었다. 잉그리스가 왕도에 남아있었다면 벌써 이곳에 도착했을 테니까.

알카드로 연락책을 보내기는 했지만, 프리즈마가 이곳에 도착하는 것이 먼저일지, 잉그리스가 도착하는 것이 먼저일지 가늠하기 힘들었다.

만약 프리즈마가 먼저 아르멘 마을에 나타난다면 전투를 질질 끌면서 최대한 시간을 벌어야 할 것이다.

"그렇군요. 가능하다면 그 애들이 말려들기 전에……."

프리즈마와의 전투에 말려들면 목숨이 위험해진다.

설령 프리즈마 토벌에 성공하더라도 두 사람이 라파엘의 죽는 모습을 목격하게 될 위험이 있었다.

그래서 라파엘은 가능한 한 두 사람을 프리즈마와 떨어트려 놓고 싶었다.

본인들은 납득하지 않을지도 모르지만.

"지, 진정하세요, 라파엘. 성급하게 행동하면 안 돼요……! 설령 프리즈마를 쓰러트리지 못하더라도 진로를 바꿀 수만 있다면 그걸로도 충분하니까요. 저희도 협력해서 어떻게든 사태를 해결해 볼게요!"

"알겠습니다. 염치없지만 부탁드릴게요."

"하지만 최후의 순간에는…… 정말로 손쓸 방법이 없어지면 그때는 당신에게 의지해야겠지요. 정말로 죄송해요, 라파엘……. 저 역시도 특급 마인을 보유한 인간이면서 당신한테만 책임을 전가했네요. 정말로 죄송해요……!"

밀리에라는 라파엘을 향해 머리를 깊이 숙였다.

평소에는 태평하고 긴장감 없는 밀리에라지만 이번만큼은 달랐다. 목소리는 떨리고 있었고, 표정은 당장이라도 울음을 터트릴 것만 같았다.

"아닙니다, 선배. 사람에게는 누구나 역할이란 게 있으니까요. 저는 제 역할에 납득하고 있어요. 선배도 미래를 위해 중요한 역할을 짊어지셨죠. 이 나라의 앞날을 지켜나갈 힘을 기르고 계시잖아요. 하이랜드의 신기술을 얻은 기사 세대를 육성해 내는 것. 웨인 왕자님께서는 밀리에라 선배가 그 적임자라고 판단하셨습니다. 저도 왕자님의 판단이 옳다고 생각하고요."

"……하지만 결국에는 목숨이 아까워 도망친 것이 아닌가 하는 생각이 줄곧 들었어요……. 아뇨, 죄송해요. 제 푸념이나 늘어놓고 있을 때가 아니죠……. 마음고생 중인 건 라파엘 쪽일 텐데."

"제 걱정은 하실 필요 없어요. 때가 찾아오면 해야 할 일을 할 겁니다. 그것만큼은 무슨 일이 있어도 변하지 않을 겁니다."

라파엘은 미소 지으며 밀리에라에게 고개를 끄덕여 보였다.

"라파엘은 대단한 사람이네요……. 당신을 보고 있으면 자신이 어린애 같달까, 한심하게 느껴져요."

성기사는 나라와 사람들을 지키는 최후의 희망.

눈부시고 영예로운 영웅이다.

하지만 프리즈마와 싸울 때는 목숨을 내놓아야 한다는 점처럼 겉으로 드러나지 않는 문제도 존재했다. 멋지기만 한 자리는 결코 아니었다.

성기사의 삶은 단순히 마석수를 처치하는 데서 그치지 않았다. 늘 죽음의 그림자를 느끼며 자신의 마음과 신념을 내걸고 싸워나가야 했다.

이는 보기보다 훨씬 고된 일이었다.

하지만 라파엘은 그런 삶 속에서도 만인이 선망하는 영웅의 모습을 잃지 않았다.

밀리에라에게 있어 그것은 경악할 만한 일이었다.

동시에 깊은 존경심을 느끼지 않을 수 없었다.

"그, 그런가요? 죄송합니다……."

"아뇨, 라파엘이 사과할 일이 아니죠."

"자책하지 마, 밀리에라. 너만 그런 게 아니니까. 나도 가끔 라파엘을 보면서 비슷한 생각을 하거든."

"……맞아. 나도 감탄하고 있어. 분명 부모님의 교육이 훌륭했기 때문일 거야."

에리스의 말에 리플도 끄덕끄덕 동의를 표했다.

"하하. 그렇지만 제 부모님이 라니의 부모님인걸요…….”

"라피니아 양도 무척 좋은 아이라고 생각하는데요? 살짝 기분 파이기는 하지만요.”

"그렇지. 정의감도 강하고, 상냥하기도 하고.”

"심지가 곧은 아이야. 너랑 닮았다고 생각해.”

"뭐, 항상 잉그리스 양과 함께라서 덩달아 무지막지한 인물로 여겨지는 걸지도 모르죠. 아, 물론 라피니아 양의 식사량은 무지막지한 편이지만요…….”

"오히려 라피니아가 항상 옆에서 지켜보고 있어서 잉그리스가 그 정도로 끝나는 게 아닐까?”

"……나도 그 말에 찬성. 도저히 이해할 수가 없는 애야, 잉그리스는. 힘부터 사고방식까지 전부 다.”

"그러게. 얼핏 보기에는 예쁘고, 똑똑하고, 조신하지만 실상은 완전히 전투광이라니까.”

"맞아. 그 애야말로 부모님 얼굴이 보고 싶어.”

하지만 그 정체불명의 힘과 아무도 두려워하지 않는 강렬한 투쟁심이야말로 지금은 무엇보다 필요한 것이었다.

프리즈마에 대항할 수단은 하이랄 메나스를 휘두르는 성기사밖에 없었다. 그리고 그 싸움이 끝나면 성기사는 힘을 다해 죽음을 맞이하고 만다.

이 세계의 상식을, 몇 번이고 반복되던 비극을 산산조각 내 버릴 수만 있다면.

그렇게만 된다면 라파엘의 운명도 변할 것이다.

이런 곳에서 죽기에는 아까운 청년이었다.

"하하. 크리스의 부모님도 저희 부모님과 별반 다르지 않아요."

라파엘은 쓴웃음을 짓고 말았다.

"……그러면 저는 이만 돌아가 볼게요. 학생들이 기다리고 있거든요."

밀리에라는 라파엘 일행에게 인사를 남기고 방을 뒤로했다.

방을 나선 밀리에라는 곧장 전함의 격납고로 향했다. 그러자 그곳에는 아카데미에서 선발해 온 학생들이 밀리에라의 귀환을 기다리고 있었다.

이들을 대표하는 학생은 특급 마인의 소유자이자 미래의 성기사 후보인 실바였다.

"교장 선생님! 라파엘 님의 상태는 좀 어떠셨나요?"

"제가 방으로 들어갔을 때 마침 눈을 뜨셨어요. 걱정하지 마세요. 멀쩡해 보였어요."

"그렇군요. 가능하면 저도 함께 인사를 드리고 싶었는데……."

실바에게 있어 라파엘은 존경하는 선배였다.

목표로 할 대상이자, 이상적인 성기사를 고스란히 체현한 듯한 존재였다.

예전에 밀리에라의 연줄로 라파엘을 기사 아카데미에 초대하여 특별 훈련을 시행한 적이 있었다. 그리고 실바는 얼굴을 반짝이며 라파엘의 훈련에 임했다.

이번에도 실바는 프리즈마와의 전투를 앞둔 라파엘로부터 무언가를 배웠으면 하는 눈치였다.

　하지만 아직 실바는 성기사와 하이랄 메나스에 관한 진실을 모르고 있었다. 실바 앞에서 구체적인 대화를 나눌 수는 없었기에 밀리에라는 미안함을 무릅쓰고 실바를 이곳에 대기시켜 놓았다.

　"미안해요. 라파엘의 몸에 부담을 주면 안 돼서요……. 대신에 실바 씨가 더욱더 만나고 싶어 했던 사람을 데려왔어요!"

　"반가워. 다들 잘 지냈어?"

　밀리에라의 등 뒤에서 리플이 얼굴을 내밀었다.

　리플도 누굴 위로할 기분은 아닐 것이다. 하지만 주변의 분위기를 밝게 만들어 주려는 그 마음 씀씀이가 고마울 따름이었다.

　"리플 님! 예. 그동안 열심히 훈련에 매진했습니다! 전부 리플 님께서 나라를 지켜주신 덕분입니다……!"

　"오히려 지키지 못해서 이런 상황이 되어버렸는걸……. 미안해. 너희까지 이곳으로 오게 만들어서……."

　"아뇨. 리플 님께 조금이라도 힘을 보태드릴 수 있다면 오히려 바라던 바입니다……! 만약 라파엘 님의 상태가 여의치 않다면 제가 대신해서 리플 님과 싸울 테니 언제든지 말씀해 주십시오!"

　실바의 의욕은 높이 평가하고, 그의 말대로 언젠가는 리플과 함께 싸울 날이 올지도 모른다. 하지만 아직은 아니었다. 적어도 실바가 진실을 알고, 그래도 싸우고 싶다고 결단할 때까지는.

　만약 라파엘이 쓰러지고 대신할 사람이 필요해지는 상황이 올

경우, 하이랄 메나스와 함께 싸울 사람은 실바가 아니라 밀리에라였다.

학생들을 먼저 희생시킬 수는 없었다.

설령 웨인 왕자의 명령을 어기게 되더라도 이것만큼은 양보하지 않을 것이다.

밀리에라는 마음속으로 굳게 다짐했다.

"……? 왜 그러시죠, 교장 선생님? 안색이 나빠 보이는데……."

"아, 아뇨. 괜찮아요. 쌩쌩하답니다!"

"뭐, 실바가 그렇게까지 할 필요 없도록 분발할게. 너무 힘주지 말고 응원해 줘."

리플은 실바의 어깨를 탁탁 두드렸다.

"예, 예……! 열심히 하겠습니다! 이번에는 유아도 성실하게 임하고 있고, 이쪽은 아무 문제 없습니다……!"

실바는 리플을 눈앞에 두면 저절로 긴장하게 되는 모양이었다.

한편 유아는 별다른 불평불만 없이 근처에서 대기하고 있었다.

개방된 격납고의 입구에 앉아서 다리를 바깥에 내놓고 멍하니 바깥을 바라보는 중이었다.

"오. 정말이네. 유아가 웬일로 얌전히 앉아있어! 꾸벅꾸벅 졸지도 않고, 돌아가겠다고 불평하지도 않네……!"

어떤 의미로는 정상적인 모습이 아니었다.

좌우지간 리플은 유아에게 다가가 말을 걸어보기로 했다.

"오랜만이야, 유아. 잘 지냈어?"

"동물 귀 어르신……? 안녕하세요. 오늘도 귀와 꼬리가 귀엽네요."

"아하하, 고마워. 나는 원래부터 이렇게 태어나서 감흥이 없달까……. 어쨌든, 유아까지 이곳으로 오게 만들어서 미안해. 다 같이 힘을 합쳐서 싸워야 하거든……."

"네. 괜찮아요. 열심히 할게요."

유아는 무표정한 얼굴로 의욕적인 말을 내뱉었다.

"유, 유아가……! 들었어, 밀리에라?! 실바도!"

"드, 들었어요……. 왜 갑자기 태도가 바뀐 걸까요, 유아 양……?"

"유아, 기특해서 좋긴 하다만……. 펴, 평소하고 다르지 않아?"

"지금은 기분이 좋거든. 이곳에 있으면 왠지 그리운 느낌이 들어……."

"그리운 느낌이라니?"

"아빠의 냄새가 나는 것 같달까?"

"같다고?"

"잘 기억이 나지 않아서요."

"아하……. 언젠가 다시 만났으면 좋겠다."

"네."

담담히 고개를 끄덕인 유아는 다리를 흔들거리며 발밑의 마을을 바라보기 시작했다.

"흥흐흥 ♪"

무표정한 얼굴로 들릴 듯 말 듯한 콧노래를 흥얼거리면서.

◆ ◇ ◆

"“흥흐흥 ♪”"

뺨을 스치고 지나가는 바람은 상쾌했고, 탁 트인 푸른 하늘과 발밑에 펼쳐진 비옥한 초원이 어우러진 모습은 그야말로 절경이었다.

그리고 그런 절경을 바라보며 먹는 꼬치구이 또한 일품이었다.

라파엘에게 선물로 줄 신룡의 고기였지만, 딱히 먹지 않는다고 한 적은 없었다.

어차피 고기는 아직도 많이 남아있었다. 이 풍경과 고기를 만끽한다고 문제가 되지는 않을 것이다.

"음~. 역시 멋진 경치와 맛있는 밥의 상성은 끝내준다니까!"

혈철쇄 여단의 여병사 차림을 한 라피니아가 활짝 웃으며 말했다.

"라니 말대로야. 이제 슬슬 왕도를 통과하려나?"

대답하는 잉그리스도 똑같은 차림새였다.

"용 고기를 먹는 건 태어나서 처음입니다만, 이거 무서울 정도로 맛있군요."

고기를 나눠 받은 레더스도 맛에 대해서는 이견을 달지 못했다.

"뭐, 확실히 맛있기는 한데……."

"일단 지금은 프리즈마와 싸우러 가는 거잖아. 어떻게 저렇게 태연하지?"

"그러게. 괜찮은 걸까……?"

혈철쇄 여단의 병사들은 약간 불안해하고 있었다.

레온이 전함에서 내려 다른 곳으로 이동한 상황이었기에 더 불안해진 것일지도 몰랐다.

하지만 레온은 필요한 행동을 했을 뿐이다.

따라서 굳이 그를 나무랄 생각은 없었다.

"방금 받은 보고에 따르면 프리즈마는 여전히 아르멘 마을로 이동하고 있는 모양입니다. 그러니 전투에 대비해 배를 단단히 채워 둬야지요. 배가 고프면 제대로 싸울 수 없으니까요."

"크리스도 그래?"

"아니, 미신이야. 그건 그거고 이건 이거. 배가 고파서 싸움을 못 하면 인생의 절반을 손해 보는 느낌일걸."

"하하하……. 뭐, 어디까지나 크리스의 경우지만."

"역시 잉그리스 님은 호쾌하시군요. 가능하다면 지금 당장이라도 근위기사단장 자리를 양보해 드리고 싶은 심정입니다……!"

"아니, 잠깐만요. 크리스의 인성과 만행들을 봤으면서 어떻게 그런 결론에 도달할 수 있는 건가요?"

"바로 그래서다. 힘으로 우리를 깔아뭉개려는 자들을 오히려 힘으로 격파해 주시니까……! 저 가련한 몸으로 적들을 응징하는 그 모습은 통쾌하기 이를 데 없지……! 잉그리스 님이야말로 하이랄 메나스를 뛰어넘는 여신이시다!"

"아하하, 뜨겁다……."

라피니아는 쓴웃음을 지을 수밖에 없었다.

"근위기사단의 기사들도 대부분 비슷한 반응이더라."

잉그리스는 알카드로 떠나기 전 와이즈멀 극단에서 공연한 적이 있었다. 당시 무대에 선 잉그리스에게 굵직한 목소리로 성원을 보내던 기사단원들의 모습은 아직도 잊을 수가 없었다. 상당히 창피한 경험이었다.

"하지만 방금 그 제안……. 받아들이는 편이 좋을지도 모르겠네요."

불현듯 잉그리스의 입에서 뜬금없는 말이 튀어나왔다.

영웅왕,

극한의무를 위해 전생하다

그리고 세계 최강의 견습 기사가 되다♀

"국왕 폐하! 국왕 폐하!"

왕도 카이랄의 왕궁. 적막하고 장엄한 알현실에 굵직한 남성의 목소리가 울려 퍼졌다.

"음…… 레더스인가. 여전히 떠들썩한 남자로군."

옥좌에 앉아있는 칼리아스 국왕이 한숨을 푹 내쉬었다.

"그래도 수고했다……! 헌데 임무는 어찌 되었나? 잉그리스를 찾아내 프리즈마가 있는 곳으로 향하라고 전달했는가……?! 당사자인 잉그리스 모습이 보이지 않는다만?"

"예……! 잉그리스 님께서는 기꺼이 왕명을 받들겠다 하셨습니다! 강적과 대면할 기회를 주셔서 감사하다고 말씀하시더군요……!"

"후, 후하하하……! 지상에서 살아가는 모든 인간의 천적인 프리즈마를 상대로 그런 말을 내뱉다니……! 이 어찌나 용맹무쌍한 소녀란 말인가! 그렇다면 잉그리스는 이곳에 들르지 않고 직접 아르멘 마을로 향한 것이로군?"

빠른 대응에 중점을 둔다면 올바른 판단이었다.

칼리아스 국왕은 잉그리스가 어떤 얼굴을 하고 있을지 만나서 직접 보고 싶었지만, 어쩔 수 없는 노릇이었다.

국왕에게도 프리즈마의 각성은 나라의 존망을 좌우하는 중대사였다.

왕궁에서 사태의 흐름을 지켜보는 것이 전부일지언정 국왕이 느끼는 불안감과 초조함은 상당했다.

　잉그리스의 얼굴을 보면 이러한 불안감이 조금은 해소되지 않을까 싶었다.

　"아뇨, 잉그리스 님께서는 지금 이곳으로 오고 계십니다. 저는 먼저 보고를 드리고 준비하고자 한발 앞서 왕궁을 찾아온 것입니다!"

　"음……? 뭘 준비한다는 말인가?"

　"근위기사단장 임명식입니다. 잉그리스 님께서는 결전을 앞두고 이전에 거절하셨던 기사단장 취임을 받아들이기로 하셨습니다……! 단, 정식 직함은 어디까지나 '임시 긴급 명예 근위기사단장 대행'이며, 비상근 업무가 절대 조건이라고……! 당분간은 기사 아카데미에서 종기사학과 학생으로 지내실 모양입니다."

　"그렇군. 직함은 뭐가 됐든 상관없다. 비상시에 힘을 빌릴 수만 있다면야……."

　지금까지는 강적이 나타나면 협력해 주겠다는 구두 약속에 불과했으나, 앞으로는 임무라는 형태로 활동하게 되는 것이다.

　한 걸음 진척을 보였다고 할 수 있었다.

　대신 봉급을 줘야겠지만 잉그리스의 무력을 생각하면 오히려 싸게 먹히는 셈이었다.

　"폐하, 이를 허가하시는 겁니까……?!"

　"물론이다. 애초에 짐이 먼저 했던 이야기가 아니더냐. 어쨌든 잉그리스도 곧 도착하겠군? 긴급한 상황이니 간소하게 치를 수밖에 없겠지만, 지금 바로 임명식 준비를 시작하라!"

지금까지의 보고에 따르면 프리즈마는 며칠 후 아르멘 외곽에 나타날 예정이었다.

잉그리스도 현지에 도착해서 이래저래 준비할 것이 있겠지만, 하루쯤 왕궁에 들른다고 큰 문제는 없을 것이다.

""알겠습니다!""

칼리아스 국왕의 명령이 떨어지자 사람들이 분주하게 움직이기 시작했다.

국왕은 그 모습을 곁눈질로 쳐다보며 레더스에게 물었다.

"그런데 어째서 마음이 변한 것인지. 무슨 말 없었나?"

"예……! 앞으로 성기사단과 성기사님, 하이랄 메나스를 제치고 프리즈마와 싸우려면 그만한 직함이 있어야 모두 납득할 거라 하더군요. 또한 이렇게 해야 작전 수행도 원활해지고, 전투가 끝난 뒤 성기사단의 명예가 실추될 우려도 없을 것이라 했습니다."

"……그렇군. 잉그리스의 말에도 일리가 있구나."

잉그리스는 아르멘 마을에 집결 중인 전력들을 내버려 두고 혼자서 싸울 생각인 듯했다.

하지만 아무리 왕명을 받았다 한들 잉그리스는 기사 아카데미의 일개 학생에 불과했다. 단순히 왕명을 듣지 못해 잉그리스를 방해하는 자들도 있을 것이고, 듣고서도 납득하지 못해 반발하는 자들 또한 나올 것이다.

하지만 잉그리스에게 근위기사단장이라는 직함이 있다면 그들을 쉽게 설득할 수 있었다.

애초에 그것이 관직의 역할이었다.

똑같은 내용이라도 누가 말하느냐에 따라 무게가 달라지는 것이다.

그리고 성기사단의 명예 또한 마찬가지였다.

성기사단이 한낱 기사 아카데미의 학생에게 공적을 빼앗겼다는 비판이 일어날 테니까.

하지만 이 또한 잉그리스가 근위기사단장이 되면 원만하게 해결할 수 있다.

근위기사단장이라는 신분은 성기사단을 이끄는 성기사와 동격이었다.

성기사의 힘을 빌리지 않고 프리즈마를 격파하더라도 성기사가 한심해서가 아니라 근위기사단장이 우수했기 때문이라는 평가로 이어질 것이다.

이것도 관직이 가지는 효과였다.

잉그리스는 여기까지 내다보고 레더스의 제안을 받아들인 것이리라.

전후의 상황을 고려하고 있다는 말인즉, 이 싸움에서 질 가능성은 털끝만큼도 생각하고 있지 않다는 뜻이다.

너무나도 믿음직할 따름이었다.

"그만한 무용을 자랑하면서도 먼 훗날을 내다보는 혜안까지 가졌단 말인가. 보면 볼수록 신기한 소녀로구나."

상식을 아득히 뛰어넘은 전투 능력도 대단하지만, 대화를 나눌 때마다 엿보이는 냉철한 판단력과 사고력도 사람을 놀라게 했다.

젊고 가련한 겉모습 너머로 중후하게 쌓은 전략적 안목이 느껴졌다.

아무리 생각해도 저 나이에 도달할 수 있는 경지가 아니었다. 정말로 하나부터 열까지 범상치 않은 소녀였다.

만약 다른 시대에 태어났다면 자신의 밑에 들어올 인물이 아닐지도 몰랐다.

그만한 인물이 지금 카랄리아를 위해 힘을 빌려주고 있다는 사실에 감사해야 했다.

프리즈마가 움직이기 시작하면 반드시 비극이 생겨난다.

성기사가 프리즈마를 격파하더라도 하이랄 메나스를 사용한 대가로 목숨을 잃는다.

프리즘 플로가 내리는 이 지상의 인류에게 그것은 피할 수 없는 운명이나 마찬가지였다.

칼리아스 국왕이 태어나기 훨씬 전부터 이어져 온 세상의 섭리다.

현재 아르멘 마을로 진격 중인 프리즈마가 얼음덩어리로 봉인되었던 이전의 전투에서도 똑같은 일이 일어났다.

칼리아스 국왕에게도 그것은 잊을 수 없는 사건이었다.

잉그리스는 그 반복되는 슬픔을 부숴 줄 수 있을지도 몰랐다.

길게 본다면 변하는 것은 아무것도 없을지도 모른다.

인간의 수명에는 한계가 있다. 잉그리스가 세계의 섭리를 깨부술 정도의 인재라 하더라도 잉그리스의 수명이 끝나면 그걸로 끝이다.

하이랄 메나스와 성기사가 필요 없어지지는 않을 것이다.

뛰어난 역량을 지닌 인간이 있으면 당장의 위기는 극복할 수 있다.

하지만 정기적으로 반복되는 위기를 헤쳐나가려면 그에 걸맞은 해결책이 필요했다.

정해진 해결책에 능력을 갖춘 인간을 끼워맞춤으로써 안정된 결과를 기대할 수 있는 것이다.

하이랄 메나스와 성기사가 바로 그 해결책인 셈이었다.

그렇지만 단 한 번의 예외라도 좋았다.

보고 싶었다.

인간이 자신의 손으로 세상의 섭리를 날려버리는 모습을.

칼리아스 국왕은 그때 비로소 마음껏 웃을 수 있을 것이다.

"아, 그리고 잉그리스 님께서 이렇게 말씀하시더군요. 인간은 반성하는 생물이라고. 그리고 반성하는 자가 있다면 용서해 줘야 한다고 말이죠."

"흐음? 알카드에서 무슨 일이 있었나?"

"예, 실은……."

레더스가 설명하려던 그때였다.

"국왕 폐하! 레더스 님! 하늘에서 함선 하나가 접근하고 있습니다……!"

근위기사 중 하나가 황급히 알현실로 들어와 보고했다.

"잉그리스가 도착한 것인가?"

"글쎄요. 눈에 띄는 행위는 피하겠다고 했는데……?"

잉그리스가 타고 있는 것은 혈철쇄 여단의 함선이었다.

반란군의 함선이 당당하게 왕궁에 들어서면 문제가 될 것이다.

그리고 그 사실을 모를 잉그리스가 아니었다.

적당히 떨어진 위치에 함선을 정박시켜 놓고 왕궁에 들를 것이라고 잉그리스는 말했다.

"어쨌든 보고 오겠습니다……!"

알현실을 나간 레더스는 하늘을 올려다보았다. 그리고…….

"뭣이……?! 어디서 온 배냐, 저건……?!"

어떠한 국가나 기사단의 문양도 없어 외관만으로는 어느 소속의 함선인지 식별할 수 없었다.

하지만 한 가지는 말할 수 있었다. 잉그리스를 태운 혈철쇄 여단의 전함은 아니라는 점이었다. 그것만큼은 확실했다.

"서둘러 영격 태세를 취해라! 누가 타고 있을지 모르는 배다!"

레더스의 우렁찬 목소리가 울려 퍼지자 근위기사들 사이에 긴장감이 감돌았다.

근위기사단의 상당수가 북쪽의 국경을 지키기 위해 출진해 있었다. 게다가 남은 병력도 아르멘 마을로 파견을 나갔기 때문에 솔직히 말해서 왕도와 왕궁의 수비는 굉장히 허술해진 상태였다.

누군가가 그것을 노리고 습격했을 가능성도 부정할 수 없었다.

"“알겠습니다!”"

"영격 준비!"

"당장 플라이 기어 부대를 동원하여 방어선을 펼쳐라!"

왕궁의 분위기가 순식간에 부산스러워졌다.

"대체 어디 소속의 전함이지……?! 잉그리스를 태운 배는 아닌 모양이로군!"

"국왕 폐하……?! 밖으로 나오시면 위험합니다……! 일단 저희가 타고 온 배가 아닌 것은 확실합니다!"

"그렇다면 프리즈마의 각성으로 혼란스러워진 틈을 타 왕국을 치려는 속셈인가……!"

"하지만 대체 누구일까요……?! 혈철쇄 여단은 이번에 저희와 협력하겠다고…….”

퍼버버버버버벙!

불현듯 전함이 포격을 퍼붓기 시작했다.

왕궁 곳곳에 포탄이 명중하며 지붕이 날아가고, 벽이 무너져 내렸다.

"우와아아아앗?!"

"크아아아아악!"

운 나쁘게 포격에 휘말린 기사들이 비명을 내질렀다.

장엄하고 조용하던 왕궁이 삽시간에 떠들썩한 전쟁터로 돌변

했다.

"포격을 멈춰라! 플라이 기어 부대는 적함에 접근해 적을 교란하도록!"

바로 그때, 적함의 외피 일부가 파괴되었다.

카랄리아 측의 공격이 아니었다. 본인들이 과시하듯 의도적으로 날려버린 듯했다.

그리고 그 안에서 나타난 것은…….

"윽?! 저건 베네픽의 문장?! 베네픽의 문장입니다, 폐하……!"

"뭣이?! 대담한 놈들이군! 이곳까지 침입해 들어오다니……!"

위장이 효과가 있었던 것이리라.

현재 카랄리아 왕국은 프리즈마의 출몰이라는 긴급 사태로 몹시 혼란한 상태다.

더군다나 프리즈마의 진로 주변에 존재하는 마을을 지키기 위해 혈철쇄 여단까지 나서서 협력해 주고 있었다. 칼리아스 국왕 또한 이 소식을 들어서 알고 있었다.

그러니 어디서 왔는지 모를 전함이 날아다녀도 다들 신경 쓸 여유가 없었다.

설령 의문을 품는 자들이 있더라도 혈철쇄 여단의 배라고 잡아떼면 간단히 속여 넘길 수 있었다.

그리고 굳이 위장을 제거해 베네픽군임을 대대적으로 드러냈다는 것은 저들이 반드시 이길 자신이 있다는 뜻이었다.

동시에 베네픽군이 카랄리아의 왕도를 함락시켰음을 주변에 선전하기 위한 행동일 것이다.

"하하하하하하하!"

이윽고 베네픽의 전함에서 플라이 기어로 구성된 편대가 날아왔다.

그 선두에 서 있는 기사는 레더스에게 지지 않을 커다란 목소리로 웃어젖히고 있었다.

"카랄리아의 국왕인 칼리아스 폐하! 처음 뵙겠습니다! 그리고 잘 가시길! 베네픽군의 제1 장군인 로스 로슈폴! 당신의 수급을 취해 이번 전쟁의 제1 공훈자로서 이름을 올리도록 하지!"

"로슈폴 장군······?! 저자가 우리 군과의 전투에서 하이랄 메나스를 휘둘렀다는······. 그러면 저것이 무기화된 하이랄 메나스인가······?!"

로슈폴 장군이 움켜쥐고 있는 황금색의 거대한 방패야말로 베네픽의 하이랄 메나스일 것이다. 방패에서는 신성한 빛이 뿜어져 나오고 있었다.

"그래, 맞는 것 같군······. 하지만 하늘의 은총이나 다름없는 힘을 빈집털이에 이용해 놓고 잘도 지껄이는구나! 그럴듯한 소리를 늘어놔 봤자 비겁한 짓이라는 사실에는 변함이 없다······!"

칼리아스 국왕의 말을 들었는지 로슈폴은 손가락으로 자신의 머리를 톡톡 두드려 보였다.

"전략이다 전략! 누가 뭐라고 말하든 이 방법만이 내 나라를 지키는 길이다! 위선 따위 집어치우라지! 자아, 죽어라! 죽어 버려!"

로슈폴은 방패를 앞세워 칼리아스 국왕에게 돌격할 준비를 했다.

"집합! 벽을 만들어 폐하를 보호하라! 놈을 쓰러트릴 필요는 없다……! 최대한 시간을 버는 거다!"

로슈폴은 하이랄 메나스를 무기화시켜 휘두르고 있었다. 따라서 시간을 끌면 힘을 다하여 제풀에 쓰러질 가능성이 컸다.

하물며 국경에서 벌어진 성기사단과의 전투에서도 로슈폴은 하이랄 메나스를 휘둘렀다고 알려져 있다.

그러니 더더욱 로슈폴의 강함은 오래 지속되지 않을 터였다.

"레더스, 알고 있었는가……?"

한편 칼리아스 국왕은 레더스의 지시를 듣고 뭔가를 눈치챈 듯했다.

"죄송합니다, 폐하. 잉그리스 님께 전부 들었습니다……."

"성기사에 대한 진실까지 간파해 냈단 말인가……. 정말로 바닥을 알 수 없는 소녀로군! 으음, 버티다 보면 잉그리스도 도착하겠지……! 일단은 시간을 벌도록 하라!"

""예!""

칼리아스 국왕의 명령이 떨어지자 레더스와 주위의 기사들이 힘차게 고개를 끄덕였다.

방어를 굳히기 위해 밀집 진형을 만들려던 그때.

"하하하하하! 소용없는 짓이다!"

로슈폴은 플라이 기어에서 허공으로 뛰어내리더니, 방패의 빛을 후방으로 분출시켜 자신을 가로막은 기사들을 향해 돌진했다.

"'크아아아아아악!'"

기사들이 비명을 내지르고, 파괴된 플라이 기어의 잔해가 쏟아져 내렸다.

"고맙다, 죽이기 쉽게 한데 뭉쳐줘서 말이야! 덕분에 수고를 덜었어!"

"크윽……! 산개해라! 멀찍이 떨어져서 적의 주의를 끌어라!"

"그것도 헛짓거리에 지나지 않아!"

로슈폴의 방패에 박힌 보석에서 빛이 뿜어져 나와 주위를 둘러싼 기사들을 휩쓸었다.

"'우와아아아아앗?!'"

다시금 기사들 사이에서 비명이 터져 나왔다.

칼리아스 국왕을 지키는 기사들의 수는 눈 깜짝할 사이에 절반 이하로 줄어들고 말았다.

"핫하하하하! 멍청한 놈들 같으니! 무슨 짓을 해도 개죽음일 뿐이다! 애초에 너희 같은 조무래기가 진정한 모습을 해방한 하이랄 메나스를 막을 수 있다는 발상 자체가 잘못됐다! 건방져! 오만하기 짝이 없단 말이다!"

"크윽……! 보자 보자 하니까!"

"하지만 압도적인 힘이야……!"

"프리즈마와 맞서는 힘을 우리끼리로는……!"

얼굴에 그림자를 드리우는 기사들에게 불현듯 로슈폴이 말투를 바꿔 말했다.

"너희 말이야. 개죽음을 당하고 싶지는 않잖아? 그러니 얌전히 무기를 버리고 물러나 있어. 카랄리아는 멸망할 테지만 너희는 베네픽의 기사로서 지금의 지위를 고스란히 이어받을 거다. 새로운 영토를 얻더라도 그곳을 통치하려면 사람이 필요하니까 말이야. 너희는 상관이 바뀌는 것뿐이야. 별로 달라질 것도 없잖아? 응? 어때. 내 말에 동감하면 무기를 버리고 물러나도록 해. 누가 너희를 비난하겠어? 자, 물러나, 물러나."

로슈폴은 기사들을 향해 손을 휙휙 흔들었다.

그러고는 생각할 시간을 주려는 것인지 잠시 뜸을 들였다.

"바, 바보 같은 소리를!"

"웃기지 마라……!"

"우리를 우롱하는 것이냐……!"

"우롱이라니, 섭섭한 말을 하는군. 오히려 너희의 힘이 필요하니까 죽지 말라고 하는 거잖냐. 새로이 베네픽의 영토로 편입될 이 땅에는 이곳 사정에 익숙한 인재들이 필요하거든."

"듣지 마라! 프리즈마가 되살아난 이 비상시에 백성들을 지키지 않고 적국의 왕궁을 습격하는 놈들이다! 그런 놈들이 백성들 위에 서겠다니……!"

그때, 칼리아스 국왕이 소리치는 레더스를 제지했다.

"됐다, 레더스……! 물러나 있거라. 다른 자들도 마찬가지다. 물러나서 지켜보고 있도록."

"폐하……?! 무슨 말씀을 하시는 겁니까……!"

"됐으니까 명령에 따르거라!"

"""……?!"""

국왕의 박력에 눌린 기사들은 두 걸음, 세 걸음 뒷걸음질을 쳤다.

"저자의 말대로 이대로는 개죽음에 불과하다. 과연 궁극의 마인무구라 할 만한 위력이구나."

칼리아스 국왕은 기사들과 반대로 로슈폴을 향해 한 걸음, 두 걸음 앞으로 나아갔다.

국왕의 손은 허리춤의 검으로 뻗어 있었다.

"게다가…… 저자의 말에 따르는 자가 나타나면 나는 그를 벌해야 하느니라. 국왕으로서 본보기를 보여야 하니 말이야. 하지만 그리하고 싶지 않구나. 그러니 다들 물러나 있거라."

기사들이 물러난다면 누가 로슈폴의 말에 따르려 했는지 몰라도 된다. 지금은 이 정도로 만족하고 싶었다.

"폐, 폐하……!"

"약간의 시간쯤은 내 직접 벌어보도록 하마……!"

무기화한 하이랄 메나스를 휘두를 수 있는 시간은 그리 길지 않다.

게다가 잉그리스도 이곳으로 향하고 있다.

시간만 벌어도 충분한 이유가 두 가지나 있었다.

칼리아스 국왕은 허리에 찬 검을 뽑았다.

보석처럼 반투명한 파란색의 칼날은 은은하게 빛나고 있었고, 손잡이에는 전설의 생물로 알려진 용의 형상이 새겨져 있었다.

성기사 라파엘이 하사받은 드래곤 팽과 쌍벽을 이루는 마인무구, 드래곤 클로였다.

"성기사 라파엘의 마인무구와 닮았는걸……. 그 오른손에 새겨진 특급 마인은 장식이 아니었다 이겁니까?"

"나 칼리아스, 하늘을 향해 으르렁거릴 송곳니는 없으나 자신을 지킬 발톱 정도는 가지고 있느니라……! 내 목을 가져가기는 쉽지 않을 것이다……!"

"호오? 기백 하나만큼은 대단하군……. 그러면 그 실력도 대단한지 한번 구경해 보실까!"

방패를 전면에 내세운 로슈폴은 칼리아스 국왕을 향해 직선으로 돌격했다.

단순한 공격이지만 그 속도는 눈으로 인지할 수 없을 정도로 빨랐다.

"하아아아아아아앗!"

칼리아스 국왕이 기합성을 토해내자 그의 몸이 파란빛으로 휩싸였다.

다음 순간, 로슈폴의 돌진 공격이 칼리아스 국왕이 서 있던 바닥에 작렬했다.

콰과아아아아앙!

주변의 바닥이 통째로 날아가며 거대한 구덩이가 생겨났다.

동시에 흙먼지가 성대하게 피어올라 시야를 차단했다.

"어, 엄청난 위력……!"

"이, 이런 공격을 정통으로 맞았다가는……!"

"폐하! 폐하!"

기사들이 비명을 내지르자 로슈폴은 씨익 웃어 보였다.

"어이쿠? 일격으로 산산조각이 나 버리셨나? 이거 불쌍해서 어쩐다."

바로 그때, 로슈폴의 머리 위에서 파란색의 섬광이 엄습했다.

"어디를 보고 있는 것이냐!"

"……크윽?!"

채애앵!

로슈폴의 방패가 위쪽에서 날아온 일격을 받아내며 커다란 금속음을 냈다.

어느샌가 칼리아스 국왕은 전신에 파란색의 갑옷과 날개를 두르고 있었다. 국왕은 하늘을 날아 로슈폴의 돌진을 회피한 뒤, 흙먼지에 몸을 숨겨 공격을 감행한 것이다.

"호오. 성기사 라파엘과 똑같은 형태의 각성인가. 아무래도 후방에서 잘난 듯이 뻗대고 있는 우리 쪽 황족들과는 다른 모양이군."

"……나라고 다를 것 없다. 미래의 젊은이들에게 프리즈마의 퇴치를 맡겨놓고 왕도에 안전하게 틀어박혀 있으니까. 내 특급 마인이 매일 밤 오열하더군. 네게서는 빛날 수 없다고. 원래의 사명을 다하라고 말이지⋯⋯!"

아무리 특급 마인의 소유자라 할지라도 칼리아스는 국왕이다.

신분을 외면한 채 목숨을 잃을 수는 없었다.

아르멘 마을의 얼어붙은 프리즈마를 봉인시켰던 전투에서도 그랬다.

칼리아스는 특급 마인을 가지고 있음에도 하이랄 메나스를 쥐고 싸우지 못했다. 왕의 역할을 다하기 위해서는 그럴 수밖에 없었다.

자신이 지키고 싶어 했던 소중한 자들과 자신보다 유망한 젊은 이들을 대신 희생해야 했다.

"그렇다면 기뻐하시지! 오늘로 그 특급 마인의 오열도 끝이다! 왜냐하면 숙주인 네가 죽음을 맞이할 테니까!"

로슈폴이 바닥을 박차고 맹렬하게 날아올랐다.

힘에서 밀린 칼리아스 국왕도 덩달아 딸려 올라가 버렸다.

이대로 성벽이나 바닥에 내동댕이쳐졌다가는 큰 피해를 면하기 어려울 것이다.

"크으으윽!"

몸을 비틀어 로슈폴의 돌진에서 벗어난 칼리아스 국왕은 날개를 이용해 수직으로 상승했다.

"느려!"

그러자 로슈폴의 방패에 박힌 보석에서 광선이 쏟아져 나와 칼리아스 국왕을 추격했다.

수십 개에 달하는 빛줄기가 고속으로 상승해 칼리아스 국왕의 몸을 스치고 지나갔다.

　"으윽?!"

　수직으로 상승하던 칼리아스 국왕은 방향을 틀어 왼쪽으로 급선회했다.

　하지만 곧 그쪽으로도 광선이 엄습해 왔다.

　"아니⋯⋯?! 그렇다면!"

　칼리아스 국왕은 자잘한 방향 전환을 섞어 복잡한 비행을 구사했다.

　평범한 사람은 보이지도 않을 속도로 하늘을 누볐다.

　"어설퍼, 어설퍼, 어설퍼!"

　하지만 이동하는 곳곳마다 방패에서 발사된 광선이 정확하게 추격해 왔다.

　스친 상처가 하나둘씩 쌓이면서 드래곤 클로의 파란 갑옷이 점점 손상되어 나갔다.

　"크윽⋯⋯! 드래곤 클로의 힘으로도 달아날 수 없다니⋯⋯! 이 정도였단 말인가!"

　"아무리 용을 써봤자 전장에서 물러난 늙은이의 발악일 뿐이다! 성기사 라파엘은 동급의 마인무구를 가지고도 훨씬 더 뛰어난 실력을 발휘했지! 오랜만의 실전에 흥분해서 공격을 감행한 것부터가 잘못이었다! 그때 흙먼지에 섞여 달아났어야 했어! 적어도 라파엘은 그렇게 했다! 자신과 상대방의 힘을 정확하게 파악하고 내린 선택이었지……!"

"늙은이의 발악이라. 그럴지도 모르지……!"

몸 상태가 전성기에 미치지 못하고, 실전 감각도 무뎌진 것이 사실이었다.

하지만 그건 아무래도 좋았다. 오히려 이 로슈폴이라는 남자야말로 지나치게 의욕적인 감이 있었다.

이상한 점은 그뿐만이 아니었다. 국경에서 성기사단과 싸웠을 때도 그랬다고 들었지만, 이렇게 마구잡이로 하이랄 메나스를 휘두르고 있음에도 전혀 지치지 않은 듯 보였다.

원래 같았으면 일찌감치 생명을 소진해 버렸어야 했다.

"자! 얼른 달아나지 않으면 정통으로 맞게 될걸?!"

"이런……! 이대로는!"

자신이 이곳에서 쓰러져 버리면 로슈폴을 물리치고, 프리즈마를 격퇴하더라도 나라가 위태로워진다.

"우오오오오오오오! 폐하아아!"

바로 그때, 우렁차게 소리치며 로슈폴을 향해 돌진하는 인물이 있었다.

레더스였다. 검을 움켜쥐고는 온몸의 무게를 실어 적을 베어 들어갔다.

댕강!

하지만 로슈폴의 등에 내지른 검은 단단한 벽에 내지른 것처럼 허무하게 부러져 버리고 말았다.

"……뭐야, 이것도 공격이라고 한 거냐?"

뒤를 돌아보며 씨익 웃는 로슈폴.

"……! 그렇다면!"

부러진 검을 던져버리고 로슈폴을 붙잡으러 달려드는 레더스.

조금이라도 시간을 벌기 위한 행동이었다. 체면 따위를 신경 쓸 때가 아니었다.

"흥, 기분 나쁘군. 남자한테 안기는 취미는 없다."

로슈폴은 귀찮다는 듯이 뒤쪽으로 주먹을 휘둘렀다.

로슈폴의 손등이 레더스의 안면을 강타했고, 레더스는 그대로 날아가 버렸다.

……하지만 곧바로 몸을 일으킨 레더스는 부러진 코에서 코피를 흘리며 다시금 로슈폴에게 달려들었다.

"레더스! 그만둬! 물러나 있거라!"

"아닙니다, 역시 폐하의 뒤에 숨어서 지켜보고만 있을 수는 없습니다……! 우오오오오!"

"마, 맞아! 우리는 어째서 잠자코 지켜보고 있었던 거지……!"

"가자! 레더스 단장님의 뒤를 따라라!"

"어찌 됐든 시간을 벌어야 해……! 곧 잉그리스 님께서 와주실 거다!"

수십 명에 달하는 기사들이 일제히 로슈폴을 붙잡기 위해 달려들었다.

"짜증 나는 녀석들 같으니!"

로슈폴은 방패를 크게 휘둘러 몰려오는 기사들을 단번에 날려 버렸다.

기사들은 다들 성벽에 등을 부딪쳐 고꾸라졌다.

"좋아. 방해할 생각이라면 너희부터 없애주마!"

방패의 보석에 빛이 감돌기 시작했다. 광선이 발사되기 직전의 전조 현상이었다.

이윽고 로슈폴이 벽 쪽으로 날아간 레더스와 기사들에게 방패를 겨누었다.

"마음대로 하게 두지는 않는다!"

칼리아스 국왕은 로슈폴의 공격을 저지하기 위해 돌진하여 검을 내질렀다.

하지만 국왕의 움직임은 이미 로슈폴에게 읽히고 있었다.

국왕의 검은 허공을 갈랐고, 로슈폴은 칼리아스 국왕의 등 뒤로 돌아 들어갔다.

"말귀를 못 알아먹으시는군! 방금 가르쳐 줬을 텐데! 틈을 봐서 달아나는 것이 상책이라고 말이야!"

콰과아앙!

황금색 방패가 칼리아스 국왕의 몸을 강타했고, 국왕은 맹렬한 속도로 날아가 성벽에 처박혔다. 공중에서 자세를 바로잡을 틈도 없었다.

""폐하⋯⋯?!""

"으윽⋯⋯. 아직 녹슬지 않았다고 하기에는⋯⋯ 이미 너무 늙어버린 모양이로군……."

칼리아스 국왕은 이마에서 피를 흘리며 대자로 뻗어버리고 말았다.

전신을 맴도는 격통과 충격으로 한동안은 일어날 수 없을 것 같았다.

"아름다운 주종 관계라고 말하고 싶다만, 이번에는 그것이 제명을 재촉하고 말았군……! 용의 송곳니건, 손톱이건 무의미한 발버둥이다……! 하이랄 메나스 앞에서는 모든 것이 무력하지! 자, 사이좋게 황천길로 보내주마!"

"홋…… 크크큭……."

하늘을 바라보며 드러누워 있던 칼리아스 국왕이 불현듯 웃음을 흘렸다.

"? 뭐가 우습지?"

바로 그 순간, 로슈폴의 머리 위로 거대한 그림자가 스치고 지나갔다.

"그렇다면 용의 꼬리는 어떠신가요?"

"?!"

위를 바라본 로슈폴은 이해하기 힘든 광경을 목격하고 말았다. 신장의 수십 배에 달하는 거대한 꼬리가 자신을 덮쳐 오고 있었다.

그 거대한 꼬리를 휘두른 것은 은발의 소녀였다. 그리고 그녀의 등에는 흑발의 소녀가 달라붙어 비명을 지르고 있었다.

"이게 무슨?!"

"꺄아아아아아악!"

로슈폴의 경악성과 흑발의 소녀가 내지른 비명이 뒤섞이는가 싶더니…….

콰과아아아아아아아앙!

고막을 찢는 듯한 굉음과 함께 지진과도 같은 땅울림이 왕성을 뒤흔들었다.

잠시 후, 로슈폴의 모습은 잉그리스가 혈철쇄 여단의 함선에서 뛰어내리며 휘두른 신룡의 꼬리에 깔려 자취를 감추었다.

"오래 기다리셨죠. 반갑습니다."

잉그리스는 아무 일도 없었다는 듯이 미소 지으며 모여있는 사람들에게 고개를 숙였다.

"라니, 괜찮아?"

"하나도 안 괜찮아! 엄청 무서웠거든?! 저런 데서 뛰어내렸는데 어떻게 괜찮겠어!"

라니가 하늘에 있는 혈철쇄 여단의 함선을 가리켰다.

"하지만 급했는걸. 무거운 짐도 내릴 겸 잘됐잖아?"

칼리아스 국왕은 그런 잉그리스와 라피니아를 바라보며 웃음을 터트렸다.

"크크큭……. 여전히 끝을 알 수 없는 소녀로구나. 나타날 때마다 심장을 철렁이게 만들다니……!"

"국왕 폐하, 몸은 괜찮으신가요? 훌륭한 마인무구를 갖고 계시네요. 다음에 저하고 대련을……."

"크리스! 다치신 분한테 무슨 소리야……!"

"후, 내가 그대의 상대가 된다면…… 말이지……."

"이, 이런! 상당한 중상이시다……! 라피니아 군! 어서 치료를 부탁하네!"

레더스가 심각한 얼굴로 라피니아에게 도움을 부탁했다.

"네, 알겠습니다……! 하지만 괜찮을까? 이전에는 팔뿐이라 생명에 지장이 없었지만 이번에는……!"

칼리아스 국왕은 전신에 심각한 상처를 입은 상태였다. 특히 머리에 커다란 충격을 받은 듯했다.

라피니아는 치료할 수 있을지 자신이 없었다.

"걱정 마, 라니. 잠깐 귀를 빌려줄래? 그러니까……."

잉그리스는 라피니아에게 귓속말을 건넸다.

"……어? 그, 그렇구나. 응, 알았어!"

귓속말을 들은 라피니아는 곧바로 칼리아스 국왕에게 다가가 치료를 개시했다. 이쪽은 맡겨 둬도 괜찮을 것이다.

잉그리스는 다시금 신룡의 꼬리를 쳐다보았다.

"이, 잉그리스 님. 녀, 녀석은 쓰러진 겁니까?"

레더스의 질문에 잉그리스는 조용히 고개를 가로저었다.

"아뇨, 설마요. 이 정도로 쓰러질 상대였다면 이런 짓은 하지도 않았어요. 기습으로 상대를 한 방에 해치우다니, 아깝잖아요."

모처럼 시작된 싸움을 기습으로 끝내버리면 상대의 실력을 만끽할 기회가 날아가 버리고 만다.

상대방의 강함에 정면으로 도전하여 승리하는 것이야말로 잉그리스 유크스가 싸우는 방식이었다. 그것이 자신의 성장으로 이어지는 가장 효율적인 방법이기 때문이다.

언제 어디서든 이것만큼은 변하지 않았다. 바꿀 생각은 추호도 없었다.

"짐을 내리는 김에 인사를 드린 것뿐이에요. 분명 무사하실걸요."

"당연하지……!"

불현듯 신룡의 꼬리를 밀쳐 올리며 밑에서 로슈폴이 모습을 드러냈다.

온몸이 흙투성이였지만 딱히 큰 부상은 없는 모양이었다.

"봐요, 팔팔하죠?"

"그, 그렇군요. 이걸 기뻐해야 할지, 슬퍼해야 할지……."

"기뻐해야죠. 하이랄 메나스를 휘두르는 성기사를 쓰러트릴 수 없다면 프리즈마도 물리칠 수 없어요. 이 검의 시험 상대로는 모자람이 없겠군요……. 후후후."

잉그리스는 신룡 후페일베인의 비늘을 단조해 만든 검을 내려다보았다. 자신의 신장을 웃도는 거대한 대검이었다.

흐뭇하게 웃으며 자신의 대검을 어루만지는 잉그리스.

이제야 겨우 성능을 시험해 볼 때가 온 것이다.

어떻게 기뻐하지 않을 수가 있을까.

"크크큭, 무기화한 하이랄 메나스를 눈앞에 두고 웃을 수 있다니……. 엄청난 바보거나 미쳤거나 둘 중 하나겠지. 그런데 넌 대체 누구지? 아름다운 아가씨."

"소개가 늦었네요. 제 이름은 잉그리스 유크스. 임시 긴급 명예 근위기사단장 대행……으로 취임할 예정인 기사 아카데미의 종기사 학생입니다."

잉그리스는 로슈폴에게 정중히 인사를 건넸다.

"……종기사?"

"네. 이걸 보시면 아시겠죠."

잉그리스가 아무런 마인도 없는 오른손의 손등을 내밀었다.

"무인자라고? 아니, 지금 그런 건 중요하지 않지. 네가 그 가련한 몸으로 저 거대한 살덩어리를 휘두른 것은 사실이니까. 솔직히 놀랐어. 나는 로스 로슈폴. 베네픽군의 하이랄 메나스를 하사받은 기사다. 잘 부탁하지."

로슈폴도 질 수 없다는 듯이 진지하게 인사해 보였다.

"정중한 인사 감사합니다. 그런데 설마 이런 곳에서 무기화된 하이랄 메나스와 싸우게 될 줄이야. 그 부분에 대해서도 감사드려요."

"허, 감사를 받은 건 처음이군. 이 나라의 인간들은 하이랄 메나스의 진정한 힘을 인간들의 싸움에 동원한다며 나를 비난하더군. 저기 계신 칼리아스 국왕도, 성기사도, 하이랄 메나스도 전부 말이지. 임시 긴급 명예 근위기사단장 대행이라는 분께서 그런 식으로 발언해도 괜찮은 건가?"

일부러 잉그리스가 준비한 기나긴 직함을 사용해 되받아치는 로슈폴. 꽤 재밌는 사내였다.

"제가 나설 일이 그리 많지 않거든요. 제 임무는 카랄리아에 위협이 되는 강적을 제압하는 것. 제게 활약할 기회를 마련해 주신 분께 감사하는 건 딱히 이상한 일이 아니잖아요? 만약 당신이 부활한 프리즈마와 싸우고 원래의 사명을 완수했다면…… 저는 누구와도 싸우지 못했겠지요. 하지만 당신의 행동 덕분에 저는 당신하고도, 프리즈마와도 싸울 기회를 얻게 되었어요. 백성들을 지키는 검도 휘두를 상대가 없으면 녹이 스는 법이죠."

"백성들을 지키는 검이라. 말은 그렇게 하지만 그 초롱초롱한 눈빛과 히죽거리는 입은 대체 뭐지? 내게는 네가 자신의 즐거움을 위해서 싸우려는 것으로밖에 안 보이는데?"

"후후후. 부정할 수 없군요……."

"솔직한 것도 좋지만 조금은 부정하란 말이야……. 부끄러운 건 항상 내 몫이지."

칼리아스 국왕을 치료하던 라피니아가 한숨을 푹 내쉬었다.

"……어흠. 인류와 세상의 평화를 위해 당신을 쓰러트리도록 하겠습니다! 사악한 적국 베네픽의 기사여, 정의의 검을 받으세요!"

잉그리스는 눈썹을 치켜세우며 라피니아의 말에 따랐다.

"우와……. 엄청 뻔뻔하네."

라피니아는 다시 한번 한숨을 내쉬었다.

말의 내용 자체는 그럴듯했지만 너무나 잉그리스답지 않아서 소름이 돋았다.

"하지만 가능하면 여러 번 싸우고 싶으니, 적당한 타이밍에 도망쳐서 다음에 다시 습격해 주시면 고맙겠습니다!"

"……이번엔 좀 크리스답지만, 다시 내용이 엉망이네. 이제 됐으니까 얼른 싸우기나 해! 라파 오라버니를 도와주러 가야 하잖아!"

"응. 알았어, 라니."

잉그리스는 마음을 다잡고 로슈폴을 바라보았다.

"들으셨죠? 저도, 당신도 시간이 부족한 것 같으니 어서 대련을 시작하죠."

이곳으로 향하는 동안 혈철쇄 여단을 통해서 실시간으로 프리즈마에 대한 정보를 입수할 수 있었다. 현재 정황상 프리즈마는 며칠 내로 아르멘 마을에 나타날 예정이었다.

잉그리스가 아르멘 마을로 이동한 뒤, 준비에 걸리는 시간까지 생각하면 이곳에서 소모할 수 있는 기간은 하루 정도였다. 넉넉하다고는 할 수 없었다.

솔직히 이런 강적과는 몇 날 며칠에 걸쳐서 싸우고 싶었지만, 이렇게 된 이상 짧지만 농밀한 전투를 즐기기로 했다.

잉그리스가 다소곳이 미소 지으며 재촉하자, 로슈폴도 재밌다는 듯 씨익 웃어 보였다.

"정확한 사정은 모르겠다만, 아무래도 피차 기사의 길을 벗어난 몸인 것 같군. 이곳에서 서로 죽고 죽이라는 신의 뜻인지도 모르겠어……!"

"아뇨. 저는 길을 벗어나지 않았어요. 애초에 기사의 길에 발을 들인 적이 없거든요. 그리고 신님은 그렇게 말씀하실 분이 아니에요. 마음 내키는 대로 살라고 하시는 너그러운 분이거든요."

"핫하하! 다시 말해서 네가 나보다 더한 놈이라는 소리군!"

"그러는 당신은…… 자신의 행동이 하이랄 메나스를 하사받은 기사로서 잘못되었다는 자각이 있으신 모양이군요? 그래도 이루고 싶은 무언가를 위해서 얼마 남지 않은 목숨을 내걸고 있어요. 의외로 좋은 분이셨네요."

"나 같은 악당한테 그런 소리는 삼갔으면 좋겠는데. 기분이 더럽거든! 크크큭, 벌이다! 전력으로 혼쭐을 내 주마! 그 아름다운 얼굴이 뭉개져서 남자를 홀리지 못하게 되더라도 날 원망하진 마라!"

"예, 얼마든지! 처음부터 그럴 생각은 추호도 없으니까요! 전혀 봐주실 필요 없습니다……!"

말은 그렇게 했지만, 거울을 감상하는 취미 때문에라도 얼굴에 상처를 내고 싶지는 않았다.

"그러면 원하는 대로 해주마!"

휘이이잉!

로슈폴의 방패에 박힌 보석에서 신성한 빛이 뿜어져 나왔다.

"오오?!"

잉그리스는 무심코 감탄을 터트렸다. 이건 평범한 마법과 달랐다.

로슈폴이 지닌 마나를 하이랄 메나스가 전혀 다른 힘으로 승화시킨 것이다.

다시 말해, 하이랄 메나스를 통해서 마나의 효율성을 거의 완벽하게 끌어올린 듯 보였다.

마나는 에테르와 비교해서 군더더기가 많은 힘이다.

마법의 핵심이 되는 힘이기는 하지만, 10의 마나가 있다고 가정했을 때 실제로 마법적 현상으로 이어지는 것은 고작해야 2, 3에 불과했다. 나머지는 그대로 흩어져 소멸해 버리는 것이다.

하이랜더 이벨이 사용했던 마나 리파인이라는 기술은 이 효율을 5, 6까지 끌어올렸다.

하지만 로슈폴의 경우에는 10의 마나로 10, 아니, 그 이상의 위력을 발휘하고 있었다. 버려지던 7, 8할의 힘이 하이랄 메나스를 통해서 제구실하도록 변화한 것이다.

이 힘의 효율과 출력은 이미 에테르에 비견된다고 해도 좋을 정도였다.

하지만 그렇다고 이 힘이 에테르라는 것은 아니었다.

에테르는 만물의 근원인 신의 기운이다. 잉그리스는 주로 전투에 이용하고 있지만, 원래는 용도가 한정되어 있지 않은 만능의 힘이다.

반면에 로슈폴의 힘은 하이랄 메나스를 이용한 공격에만 적용될 수 있는 힘이었다. 에테르가 가진 기존의 만능성은 잃어버린 상태였다.

에테르와 비슷하면서도 다른 무언가. 더스티 에테르라고 부르면 되지 않을까.

"과연……. 흥미로운데요!"

힘의 성질을 분석하는 동안에도 잉그리스의 몸은 민첩하게 반응하고 있었다.

"하아압!"

날아오는 광선을 향해서 용린검을 휘두르는 잉그리스.

까아앙!

그 결과, 용린검은 광선을 튕겨내 궤도를 바꾸는 데 성공했다.

하지만 광선의 위력이 워낙 강력한 나머지 잉그리스의 몸이 뒤로 크게 젖혀지고 말았다.

"오오……?!"

잉그리스의 손아귀에는 강렬한 저릿함이 남아있었다.

한편, 튕겨 나간 광선은 성벽 쪽으로 향하여 화려하게 폭발했다.

콰아아아아아아아앙!

단 일격에 성벽이 무너지고 거대한 균열이 생겼다.

"엄청난 위력이네요!"

과연 궁극의 마인무구라 불릴 만한 파괴력. 장난이 아니었다.

"여유를 부릴 때가 아닐 텐데!"

휘이잉! 휘이잉!

잉그리스의 가슴께를 노리고 두 줄기의 광선이 날아왔다.

자세가 무너진 상태였기에 방금처럼 검으로 쳐내기는 어려웠다.

제대로 자세를 잡은 상태에서도 받아내기 버거운 공격이다.

다른 대책을 강구할 필요가 있었다.

"하아아아압!"

반동으로 상체가 젖혀져 있던 잉그리스는 그대로 공중제비를 넘으면서 날아오는 광선을 걷어찼다.

콰앙! 콰과아아앙!

그러자 광선의 궤도가 꺾여 두 줄기의 광선은 하늘 너머로 사라져 갔다.

"뭣이?! 검으로도 제대로 튕겨내지 못했던 공격을 어떻게!"

사실 어려운 이야기는 아니었다.

처음에 검으로 받아쳤을 때는 평상시에 수행을 위해서 걸고 있던 중력장을 해제하기만 한 상태였다.

하지만 자세가 무너지고 말았기에 이번에는 에테르 셸을 발동시켜 광선을 걷어찬 것이다.

가능하면 에테르 셸을 사용하지 않고 도전해 보고 싶었지만, 성벽에 격돌한 광선의 위력을 보고는 포기했다. 괜히 시간을 끌다가는 성이 흔적도 없이 사라질 수도 있거니와, 자칫하면 라피니아가 말려들 우려가 있었다.

"이번에는 검으로도 튕겨내 볼게요. 다시 한번 부탁드려요……!"

잉그리스는 다시금 용린검을 거머쥐었다.

방금, 광선을 정면으로 튕겨냈음에도 용린검에는 흠집 하나 생기지 않았다.

로슈폴이 발사한 광선은 평범한 마나가 아니라 더스티 에테르로 이루어져 있었다.

　말하자면 에테르 피어스나 에테르 스트라이크에 버금가는 기술이었다.

　따라서 용린검 또한 에테르 셸을 발동시켜 휘둘러도 버텨 줄 가능성이 컸다.

　"원하는 대로 해주지! 서비스도 추가해 주마! 고맙다는 말은 필요 없다!"

　로슈폴의 방패에는 여섯 개의 보석이 박혀있었다.

　그 모든 보석이 빛을 발하더니 다수의 광선을 생성해 냈다.

　각각의 보석을 대포로 비유한다면 모든 포문을 동원한 일제사격인 셈이었다.

　여섯 줄기의 빛이 무시무시한 속도로 근접해 왔다. 심지어는 잉그리스의 머리, 가슴, 오른쪽 어깨, 왼쪽 어깨, 오른쪽 다리, 왼쪽 다리를 꿰뚫기 위해 미묘하게 각도를 바꾸기까지 했다.

　"아뇨, 말하고 싶은데요! 정말 고맙습니다!"

　저만한 위력의 광선이 여섯 개씩이나!

　아무 때나 경험할 수 있는 공격이 아니었다.

　피하기에는 너무 아까웠다. 잉그리스는 정면에서 위력을 실감해 보기로 했다.

　"하아아아아아아압!"

　잉그리스는 날아오는 여섯 줄기의 광선으로 돌진해 대검을 대각선으로 베어 올렸다.

까앙! 까앙! 까아아앙!

오른쪽 다리와 가슴, 왼쪽 어깨를 노리고 날아오던 광선이 한 꺼번에 튕겨나 허공으로 사라졌다.

하지만 나머지 절반의 광선이 잉그리스의 코앞으로 엄습해 왔다.

아무리 에테르 셸을 발동시켰다지만 이 거대한 용린검을 다시 거둬들여 휘두르기에는 시간이 촉박했다.

"소용없는 짓이었군!"

로슈폴이 웃음을 짓던 그 순간.

"딱히 그렇지도……!"

잉그리스는 이동한 무게중심을 따라서 뒤쪽으로 공중제비를 넘었다.

이 도약으로 인하여 광선과의 거리가 아주 약간 벌어졌고, 덕 분에 잉그리스는 찰나의 시간을 버는 데 성공했다.

다시 한번 대검을 휘두르기 충분한 시간이었다.

"앟……!"

까앙! 까아아앙!

이번에는 반대쪽으로 대검을 베어 올려 왼 다리, 왼쪽 어깨를 향해 날아오는 광선을 튕겨냈다.

그리고 또다시 공중제비를 넘는 잉그리스.

착지를 마친 잉그리스는 머리를 향해 날아오는 광선에 마지막 찌르기를 꽂아 넣었다.

"습니다!"

까아아아아앙!

마지막 광선은 지금까지 중에서 가장 큰 소리와 함께 하늘 반대편으로 날아갔다.

"호오, 아주 훌륭하군! 너와 네 검이 춤이라도 추는 것처럼 보였다. 제법 볼만한……."

콰과아아아아아아아앙!

불현듯 로슈폴의 등 뒤에서 커다란 섬광과 폭발음이 터져 나왔다.

"뭐지?! 갑자기 웬 굉음이!"

뒤를 돌아본 로슈폴의 눈에 들어온 것은 베네픽군의 전함이 불타오르는 모습이었다.

잉그리스가 되받아친 광선이 전함의 기관부에 명중한 것이다.

제어 불능에 빠진 전함은 볼트 호수에서 끌어온 대형 수로에 불시착을 시도했다.

아마도 폭발하지는 않을 것이다. 잉그리스로서는 그렇게 믿고 싶었다.

"우오오오오옷?! 서, 설마 적의 전함을 노릴 줄이야!"

"괴, 굉장해……! 전에도 봤지만 역시 저 소녀는 차원이 달라!"

"대, 대단하십니다, 잉그리스 님! 솔직히 움직임이 너무 빨라서 제대로 보지는 못했지만, 그 강함! 아름다움! 보고 있으면 떨림이 멈추질 않습니다!"

레더스가 환성을 터트리자 주변의 기사들도 힘차게 고개를 끄덕였다.

"아하하……. 크리스는 근위기사단 분들한테 인기 만점이구나."

그 열기가 얼마나 대단한지 칼리아스 국왕을 치료 중이던 라피니아도 질겁하고 말았다.

"…………."

강함이야 그렇다 쳐도 아름다움은 보이지 않으면 모르지 않나?

어쨌든 다른 곳을 신경 쓸 때가 아니었다.

어흠, 하고 헛기침을 한 잉그리스는 다소곳이 웃으며 로슈폴에게 말했다.

"엄청난 위력이네요. 저 거대한 전함을 단 일격으로 격침하다니."

"기관부를 노려서 되받아친 건가……?!"

"원래는 약간만 스치게 해서 노획할 생각이었는데…… 조준이 약간 빗나갔네요. 저래서는 수리할 수 있을지도 의문이에요. 저도 아직 멀었군요."

로슈폴의 방패에서 뿜어져 나온 광선의 위력은 확실히 대단했다. 덕분에 잉그리스의 의도도 약간 빗나가고 말았다.

그래도 발로 걷어찰 때보다 정확하게 조준할 수 있었다. 위력도 떨어지지 않았다.

"후후후. 주인의 실력이 이래서야, 모처럼 만든 무기에 면목이 없네요. 후후후……."

잉그리스는 만족스럽게 웃으며 대검을 어루만졌다.

잉그리스 유크스로 다시 태어난 이후 한 번도 말해 볼 기회가 없었던 대사였다. 여태껏 전력을 다한 잉그리스가 사용했던 무기들은 에테르 셸의 부하로 죄다 부서졌기 때문이다.

하지만 신룡 후페일베인의 비늘로 만든 이 검은 끄떡도 하지 않았다.

잉그리스의 전력에 부응해 주었다.

오히려 잉그리스의 말대로 주인의 실력이 부족했다. 무기를 좀 더 능숙하게 다뤘다면 처음 의도대로 정확하게 광선을 받아칠 수 있었을 테니까.

어쨌든 이 검이 가지는 의미는 컸다. 잉그리스의 종합적인 전투력이 크게 뛰어오른 것이다.

지금껏 맨손으로 싸우던 인간이 무기를 얻었으니 무리도 아니었다.

"뭐가 그렇게 기쁜지는 모르겠다만, 이걸로 우리 퇴로가 끊겼다……!"

"처음부터 도망갈 생각은 하지도 않았잖아요?"

"물론이지……! 머리의 나사가 풀리지 않았다면 이런 작전은 시도도 못 했어!"

"저로서는 힘을 지닌 사람들이 자신의 목숨을 소중히 해줬으면 좋겠어요. 아깝잖아요. 하지만…… 당신의 경우에는 어쩔 수 없는 선택이었는지도 모르겠네요."

"……?! 대체 넌 정체가 뭐지? 혹시 하이랜드의 신형 하이랄 메나스냐? 아니면 혈철쇄 여단의 비밀 병기인가?"

"둘 다 아니에요. 평범한 종기사학과의 학생이죠. 임시 긴급 명예 근위기사단장 대행으로 취임할 예정이기는 하지만요."

"크큭. 죽음을 각오한 인간을 놀려먹다니, 대단한 인성이군! 하지만 미녀한테 쓴소리를 듣는 것도 나쁘진 않은걸."

"이상한 취미를 가지셨군요……?"

"어쨌든 개죽음을 당할 생각은 없다! 이 세계에 발톱 자국을 새겨주겠어!"

"네. 부디 소망을 이루시길 바랄게요."

"핫하하! 귀엽게 생겼으면서 말하는 건 하나도 안 귀엽군!"

로슈폴의 방패에 박힌 보석이 눈부시게 빛나기 시작했다.

방금 광선을 발사했을 때보다도 훨씬 강렬하게.

그렇게 뿜어져 나온 빛은 방패 전체를 감쌌고, 뒤이어 로슈폴의 온몸을 침식해 들어갔다.

휘이이이이이이잉!

곧 특유의 날카로운 소리가 울려 퍼졌다. 마치 로슈폴의 몸이 기쁨의 비명을 내지르는 것만 같았다.

동시에 로슈폴이 서 있는 장소를 중심으로 바닥이 부서지기 시작했다. 이윽고 그곳에는 커다란 구덩이가 만들어졌다.

아까 보여준 공격조차 맛보기에 불과했던 모양이다.

이번에는 얼마나 강력한 공격을 해 올 것인가. 기대하지 않을 수 없었다.

그리고 용린검은 어디까지 그 공격을 받아낼 수 있을까.

미지의 강적과 새로운 무기. 이만큼 가슴이 뛰는 전투도 좀처럼 없었다.

"자아, 단단히 각오하는 게 좋을걸!"

"네, 기대되네요! 잘 부탁드립니다!"

잉그리스는 환한 얼굴로 눈을 반짝이며 검을 움켜쥐었다.

"으랴아아아아아아!"

콰과아앙!

폭발하는 듯한 충격음과 함께 흙기둥이 솟아올랐다. 하지만 이 것은 단지 로슈폴이 바닥을 박차며 발생한 현상에 불과했다.

잉그리스가 에테르 셸을 발휘하여 전투에 임할 때도 비슷한 현상이 일어났다.

즉, 상대로서 부족함이 없다는 뜻이었다.

로슈폴은 지면에 깊숙한 발자국을 새기며 맹렬한 속도로 잉그리스를 향해 육박해 왔다. 정면으로 승부를 보려는 모양이었다.

"그렇다면 저도! 하아아아아압!"

콰과아앙!

잉그리스도 마찬가지로 지면을 박차며 로슈폴을 향해 돌격했다.

"?! 사라졌다!"

"아, 안 보여……! 하나도 보이질 않아……!"

"다들 조심해요! 다리에 힘을 단단히 주세요! 엄청난 게 올 거예요!"

라피니아가 기사들을 향해 외친 그 순간.

까가아아아아아아아앙!

고막을 찢는 듯한 굉음이 들려왔다.

이윽고 지켜보던 사람들의 눈앞에 나타난 것은 잉그리스가 대검으로 로슈폴의 방패를 내려치는 모습이었다.

뒤이어 그 충격의 여파가 주변 일대로 퍼져나갔다.

""우와아아아아아앗!""

충격파에 휩쓸린 기사들이 차례차례 나동그라졌다. 라피니아가 경고한 대로였다.

"함부로 일어나지 말아요! 몸을 낮게 숙이세요!"

라피니아는 치료 중인 칼리아스 국왕이 날아가지 않도록 몸으로 덮어주면서 주변 사람들에게 외쳤다.

"아, 알았다!"

"그렇게 할게! 고마워!"

"라피니아 군……! 폐하의 상태는?!"

질문을 건네며 다가온 레더스는 칼리아스 국왕의 몸을 붙잡아 라피니아를 거들었다.

"괜찮아요……! 크리스의 말대로 했더니 정말로 좋아지셨어요! 분명 회복되실 거예요……! 나머지는 크리스가 이기기를 기다리는 것뿐이죠……!"

잉그리스는 반드시 이길 것이다. 왜냐하면 앞으로 진짜 싸움이 남아있었기 때문이다.

라파엘의 목숨을 구하고 프리즈마를 쓰러트리기 위한 싸움이.

이 싸움을 놓칠 잉그리스가 아니었다. 게다가 잉그리스는 라피니아를 슬프게 만드는 것들을 모조리 격파해 주었다.

그러니 지지 않을 것이다. 질 리가 없었다. 성기사와 하이랄 메나스를 뛰어넘을 수 없다면 프리즈마를 쓰러트리는 것 또한 불가능할 테니까. 남이 얼마나 걱정했는지도 모르고 "좋은 싸움이었어!"라면서 미소 지을 것이다.

그 미소가 너무나도 행복해 보이는 나머지 라피니아는 결국 용서해 버리고 말 것이다. 지금까지도 그랬고, 앞으로도 그럴 것이다.

중간에서 격돌한 로슈폴과 잉그리스는 그 반동으로 밀려나고 말았다.

바닥에 두 줄기의 발자국을 남기며 버티고 서는 두 사람.

"그렇군……! 호각이라……!"

"나쁘지 않군요. 그렇다면……!"

다시 한번 부딪칠 뿐!

콰광, 콰과아앙!

이번에도 바닥을 박차는 두 개의 폭발음이 들려왔다.

까가아아아아아아앙!

그리고 다시 반동으로 두 사람의 거리가 벌어졌다.

"그 가냘픈 몸으로 이 충격을 받아내려니 괴롭지? 힘들면 굳이 정면으로 부딪칠 필요는 없어. 네 운동 신경이라면 적당히 흘려

보내면서 싸울 수 있을 텐데……!"

"아뇨. 끝까지 어울려 드리겠어요……!"

상대방의 강함에 정면으로 도전해 승리하는 것이 잉그리스 유크스가 싸우는 방식이었다.

이 용린검의 강도를 확인해 보기 위해서라도 저 방패를 두들기고, 두들기고, 두들겨 줄 작정이었다.

"고집부리지 마시지!"

"그쪽이야말로!"

까가아아아아아아아아앙!

"흐하하하하하핫!"

"후후후후……."

몇 번이고, 몇 번이고 잉그리스와 로슈폴의 정면충돌이 반복되었다.

두 사람이 부딪칠 때마다 발생한 충격파가 성을 뒤흔들고, 삐걱거리게 만들고, 조금씩 붕괴시켜 나갔다.

"이, 이대로 가다간 성이 무너질 거야……!"

"하지만 누가 이길지, 언제 끝날지 감도 안 잡혀!"

"애초에 움직임이 전혀 보이질 않으니……!"

"아뇨, 그래도……! 조금씩이기는 하지만 크리스가 밀어붙이고 있어요!"

솔직히 라피니아도 두 사람의 움직임을 완전히 파악하지는 못했다.

두 사람의 모습은 규칙적으로 나타났다 사라지길 반복하고 있었다. 두 사람이 사라질 때마다 엄청난 굉음이 들려왔고, 그 직후에 다시 모습을 드러냈다.

두 사람은 매번 똑같은 위치에서 부딪쳤다.

그래서 그 밑에는 충격의 여파로 커다란 구덩이가 만들어져 가고 있었다.

그런데 그 구덩이의 형태가 조금씩 타원형으로 변해가고 있었다.

구덩이가 점점 로슈폴 쪽으로 밀려나기 시작한 것이다.

잉그리스가 우세를 점하기 시작했다는 뜻이었다.

까가아아아아아아앙!

"크으으으윽?!"

그리고 결국에는 로슈폴의 자세가 흐트러지고 말았다. 짧은 순간이지만 바닥에 무릎을 꿇은 것이다.

"어째서지……?! 저쪽이 밀어붙이기 시작한 건가?! 저 가냘픈 몸에 아직도 이만한 저력이 숨어있다고?!"

"아뇨. 그게 아니에요."

잉그리스는 조용히 고개를 가로저었다.

"뭐……?!"

"제가 밀어붙인 게 아닙니다. 당신이 밀리고 있는 것뿐이죠. 눈치채지 못하셨나요?"

잉그리스가 손가락으로 입가를 가리키는 시늉을 하며 말했다.

굉장히 안타까운 듯한, 동정하는 듯한 표정으로.

싸우는 도중에 잉그리스가 이렇게 우울한 얼굴을 하는 경우는 많지 않았다.

"……?"

로슈폴은 반사적으로 자신의 입가를 닦았다.

입가를 닦은 로슈폴의 손에는…… 새빨간 피가 묻어 있었다.

잉그리스의 타격으로 인한 부상이 아니었다.

아직 검과 방패가 부딪친 것뿐이었다.

진짜 싸움은 시작되지도 않았다.

"크윽!"

로슈폴은 이골이 난다는 듯이 팔을 흔들어 손에 묻은 피를 털어냈다.

"저, 저건……! 저게 바로!"

"그, 그러면……! 오, 오라버니도?"

레더스와 라피니아 모두 직접적으로 언급하진 않았지만 두 사람이 하려는 말은 이해가 갔다.

이것이 바로 하이랄 메나스의 부작용인 걸까.

무기로 변한 에리스와 리플을 휘두르면 라파엘도 저렇게 되어 버리는 걸까.

하지만 잉그리스는 말했다.

"아니. 그렇지 않아, 라니. 이 사람은 원래부터 이랬어."

"뭐……?! 혹시 몸에 문제가?"

"응. 엄청나게 안 좋은 상태야……. 살아있는 게 신기할 정도로."

아마 서 있는 것만으로도 괴로울 것이다.

하물며 이토록 격렬한 전투까지 치렀으니 온몸에서 무시무시한 고통을 느끼고 있을 게 분명했다.

로슈폴이 지닌 강인한 육체와 그 이상의 강인한 정신력이 만들어낸 결과였다. 평범한 인간이라면 진작에 죽었을 것이다.

그리고 그런 시체나 다름없는 몸 상태였기에 오히려 사용자의 생명력을 앗아가는 하이랄 메나스의 부작용이 발동하지 않았다.

죽은 자에게는 빨아들일 생명력이 없으니까.

즉, 다 죽어가는 로슈폴이었기에 혈철쇄 여단의 흑가면처럼 부작용을 무시하고 하이랄 메나스를 장시간 다룰 수 있었다.

잉그리스도, 로슈폴도 이번에 처음 알게 된 사실이었다.

어떻게 보면 기적이 겹치고 겹쳐서 일어난 결과물이었다.

로슈폴이라는 강대한 기사가 불행하게도 죽을병에 걸리고, 수명이 얼마 남지 않은 상황에서도 하이랄 메나스를 움켜쥐고 전장에 서게 되었다.

로슈폴이 어떤 신념과 목적을 지녔는지는 불명이지만, 이 싸움은 수많은 조건이 갖춰져 비로소 성사된 것이었다.

굉장히 귀중하고 가치 있는 싸움이었다. 하지만 그것도 이제 곧…….

"당신의 근성에 감탄했어요. 하지만…… 슬슬 한계죠? 잠시 휴식을 취하는 게 어때요?"

"크크큭……! 내 상태를 꿰뚫어 봤으면서도 그런 제안을 해 오다니, 너무 잔혹한 거 아닌가? 저승사자는 날 기다려 주지 않는다! 멈춰 선다는 것은 무의미한 죽음을 받아들이겠다는 것……! 그래서는 아루루가 구원받지 못해! 고로 사양하겠다! 이제부터가 진정한 전투…… 쿨럭!"

로슈폴이 한층 더 많은 피를 토해내며 무릎을 꿇었다.

황금색 방패에 몸을 기대어 쓰러지는 것만큼은 어떻게든 면했지만 이미 한계인 듯했다.

잉그리스를 그를 향해 성큼성큼 걸어갔다.

"물론 알고 있습니다. 그래서 잠시 쉬라고 말씀드린 거고요."

"……?"

"라니! 미안한데 그걸 좀 가져다줄래?"

"으, 응……! 알았어!"

그리고 라피니아가 가져온 것은…… 맛있게 구워진 꼬치구이였다.

"이건 신룡의 고기예요. 강인한 생명력이 깃든 신룡의 육체는 만병을 고치는 영약으로도 쓰이죠. 저걸 보세요."

잉그리스가 눈짓한 방향에는 레더스에게 간호를 받는 칼리아스 국왕이 있었다. 국왕은 빈사에 가까운 중상을 입었음에도 벌써 의식을 되찾을 정도로 회복되어 있었다.

이처럼 신룡의 고기는 맛뿐만 아니라 치료 효과까지 뛰어났다.

좋은 약일수록 쓰다는 속담이 있지만, 신룡의 고기는 예외였다.

다른 세상에서 왔다고 알려진 용. 그 용 중에서도 최고봉에 해당하는 신룡의 고기다.

이 세상의 상식은 통하지 않았다.

"……! 결국 왕을 죽이는 데는 실패했군……."

"그건 아직 모르는 거죠. 자, 한번 드셔 보세요."

"자비를 베풀 심산인가……. 이걸 줄 테니 싸움을 멈추고 항복하라는……."

슈우우우욱!

바로 그때, 로슈폴의 황금색 방패가 하얗게 빛나더니 인간의 모습으로 되돌아왔다.

리플처럼 동물 귀와 꼬리가 달린 수인종 여성이었다.

나이는 리플과 비슷한 20대 전후 정도로 보였다.

하지만 그녀에게서 느껴지는 인상은 정반대였다. 조신하고 얌전한 분위기의 여성이었다.

이 여성이 바로 로슈폴의 하이랄 메나스…….

여성은 필사적인 얼굴로 로슈폴에게 애원했다.

"로스! 이, 이제 그만 해요! 당신이 살 수만 있다면, 난……!"

그러자 로슈폴은 여성을 노려보았다.

""싸움을 그만둘 생각은 추호도……!""

잉그리스와 로슈폴이 동시에 외쳤다.

"없다!"

"없어요!"

말투만 다를 뿐 똑같은 내용으로 항의하는 두 사람.

"네, 네에……?! 다, 당신은 로스를 구해주려던 게 아니었나요?!"

이 하이랄 메나스와 로슈폴은 상당히 가까운 사이인 듯 보였다.

로슈폴이 순순히 자신의 말을 듣지 않으리라는 것쯤은 알고 있었을 것이다.

하지만 설마 잉그리스까지 똑같은 말을 하리라고는 예상하지 못한 모양이었다.

"네, 그럴 건데요?"

"그렇다면 싸움을 멈춰야 하지 않나요……? 목숨을 구해줄 테니 항복하라는 거잖아요?"

"제가 왜 그런 짓을 하죠?"

"왜, 왜냐니……. 그래야 당신의 승리로 싸움이 끝나고 저희가 물러날 테니까요."

잉그리스는 조용히 고개를 가로저었다.

"제가 바라는 건 그런 게 아닙니다."

"……?! 그, 그러면 어째서……."

"이걸 드시고 싸움을 계속하자고 말씀드린 거예요. 항복할 필요는 없어요. 오히려 항복하면 곤란합니다."

"……! 그 말씀은……?!"

"적을 돕겠다는 거냐……?!"

로슈폴이 신음하며 물었다. 이미 상당히 괴로운 듯했다.

어서 조치하지 않으면 늦을 것이다.

"아뇨, 당치도 않은 말씀을. 돕는다는 건 보답을 바라지 않는 일종의 선행이잖아요? 저는 보답을 바라고 있습니다. 전력을 다한 당신과 마음껏 싸워보고 싶거든요."

대가를 지불하고 무언가를 얻는 것은 지극히 평범한 행위였다.

기사 아카데미에 수업료를 내고 훈련을 받는 것도 비슷한 경우였다.

이번에는 적국의 성기사와 하이랄 메니스에게 신룡의 고기를 지불하고, 전력을 다해 대련할 기회를 얻는 셈이었다.

"그러니까 어서 받아주세요. 곧바로 움직일 수 있을 정도로는 회복될 겁니다."

"핫하하……! 완전히 미쳤구나, 넌……! 이대로 나를 죽이면 만사 해결이건만, 단지 자신이 싸우고 싶다는 이유만으로 이 산송장을 살려내 싸우겠다는 건가……! 그 행동이 이 나라를 멸망시킬지도 모른다……!"

"마지막에 수습만 잘 처리하면 조금은 즐겨도 되지 않을까요. 분명 괜찮을 거예요."

잉그리스는 미소를 지으며 대답했다.

이기기만 하면 아무런 문제도 없었다. 그리고 잉그리스는 질 생각이 없었다. 그러므로 괜찮았다.

"정말로 그랬으면 좋겠다. 하아……."

옆에서 듣고 있던 라피니아가 깊은 한숨을 내쉬었다.

"앗, 라니……! 허, 허락해 줄 거지……? 제대로 싸워보지도 못하고 죽으면 불쌍하잖아. 무사의 정이라고나 할까…….”

“……마음이 복잡해. 죽을병에 걸렸다니 딱하기는 하지만…….
솔직히 말해서 고기를 주는 대가로 항복을 받아내는 게 제일이라
는 생각이 들어.”

“저, 저도 그렇게 생각해요…….”

라피니아의 말에 하이랄 메나스도 고개를 끄덕였다.

“그렇지 않아, 라니! 그건 아니야……!”

“아루루! 쓸데없는 소리 마라……!”

아루루라 불린 하이랄 메나스를 제지한 로슈폴은 피로 얼룩진
입가를 씨익 일그러트리며 말했다.

“크크큭……! 좋아, 마음에 들었다! 먹어주지! 어서 내놔……!”

“네, 여기요. 맛있을 거예요.”

로슈폴은 고기를 받아 들고 입으로 가져가려 했다.

하지만 손이 떨리는 바람에 꼬챙이가 바닥으로 떨어지고 말
았다.

말로는 기세등등했지만 실제로는 상당히 악화되어 있었다.

이런 몸 상태로 잉그리스와 정면 승부를 치른 것이다. 놀라운
정신력과 투지가 아닐 수 없었다.

만약 전생의 잉그리스 왕이었다면 장군으로 임명하며 군대의
선봉을 맡겼을 것이다.

“로스……! 무리하지 말고 저한테 맡기세요.”

아루루는 로슈폴의 곁으로 다가가 그의 몸을 지탱해 주었다.

이윽고 떨어진 꼬치구이를 주워 로슈폴의 입으로 가져가는 아루루.

로슈폴에 대한 정성을 느낄 수 있는 대목이었다.

"살아 남으면…… 당신 곁에서 평생을 함께할게요……."

"그래……. 윽, 커흐윽……!"

로슈폴이 토해낸 피가 아루루의 갑옷을 붉게 물들였다.

"로스?! 정신 차려요! 이것만 먹으면……!"

"크으윽……! 제길……!"

더는 고기를 씹을 힘조차 남아있지 않은 듯했다. 이대로는 힘들지도 몰랐다.

"힘내요! 앞으로 조금이에요!"

잉그리스도 성원을 보냈다.

"삼키지 못하면 대신 씹어서 먹여 드리세요!"

그때 라피니아가 아루루에게 지시를 내렸다.

"아, 네……! 알겠습니다!"

아루루는 라피니아의 말대로 황급히 신룡의 고기를 씹기 시작했다.

그리고 로슈폴에게 입을 맞춰 고기를 밀어 넣었다.

"으…… 으극……."

덕분에 로슈폴은 가까스로 고기를 삼키는 데 성공했다.

하지만 상당히 위험한 상태였기에 한동안 경과를 지켜봐야 했다.

"설마 늦지는 않았겠지?"

라피니아도 걱정이 되는 눈치였다.

"일단 먹었으니 괜찮을 거야. 라니도 제법이던데? 조금만 더 늦었으면 위험했을지도 몰라."

"별거 아냐. 국왕 폐하한테도 똑같은 방법으로 먹여 드렸는걸."

라피니아가 충격적인 말을 내뱉었다.

"뭐, 뭐어어어어어?! 무, 무슨 짓을……?!"

잉그리스는 화들짝 놀라서 소리쳤다.

중상을 입은 칼리아스 국왕을 치료하기 위해서 라피니아가 그런 짓까지 했을 줄이야!

하지만 정작 라피니아는 고개를 갸웃했다.

"응? 무슨 짓이라니? 국왕 폐하, 정말로 위험했다구. 고기를 먹여드리고 마인무구까지 총동원해서 겨우겨우 살릴 수 있었어."

"하, 하지만 그렇게까지 하라고는 안 했잖아……! 물론 국왕 폐하가 엄청 높으신 분이기는 하지만……."

"무슨 소리야. 신분은 아무런 상관도 없어. 살릴 수 있는 사람은 전부 살리는 게 치료 능력을 가진 사람의 의무잖아?"

라피니아가 가슴을 펴고 웃어 보였다.

"라니……."

그 고결한 정신은 훌륭하다는 생각이 들었다. 기특하고 자랑스러웠다.

게다가 이번 일을 계기로 라피니아가 입맞춤에 특별한 의미를 부여했다면 오히려 귀찮게 됐을지도 모른다.

하지만 어째서일까. 잉그리스는 몸이 부들부들 떨리는 것을 느꼈다.

강적을 눈앞에 두었을 때의 떨림과는 확실히 달랐다. 섭섭하다고 해야 할지, 분하다고 해야 할지.

"…………."

잉그리스는 성벽 밑에서 전황을 살피고 있는 칼리아스 국왕을 흘끔 쳐다보았다.

자신이 어떤 표정을 하고 있는지도 모른 채.

"어휴, 크리스. 무섭게 노려보지 마……!"

"노려본 적 없어. 그냥 보기만 했을 뿐이야."

"거짓말 마……! 당장이라도 잡아먹을 것 같은 얼굴이었거든?"

"그렇지 않아!"

바로 그때, 잉그리스의 시선을 받은 칼리아스 국왕이 소리쳤다.

"윽……! 으어어어어…… 가, 갑자기 오한이……!"

"폐하?!"

"아, 안색이!"

"방금까지는 괜찮으셨는데……?!"

"라, 라피니아 군! 폐하가……! 폐하의 용태가!"

"지금 갈게요! 이거 봐, 크리스가 노려봐서 이렇게 됐잖아!"

"하지만 라니가……!"

"아직 양이 부족한 걸지도 몰라! 그렇다면 다시 한번……! 폐하, 실례하겠습니다!"

레더스가 신룡의 고기를 입에 넣더니 꼭꼭 씹어 칼리아스 국왕에게 먹여 주었다.

"오오! 그랬구나……!"

잉그리스는 눈을 반짝이며 손뼉을 쳤다. 레더스의 말을 들어보니 아까도 본인이 직접 고기를 씹어서 먹여 준 모양이었다.

평소 같았으면 성인 남성들끼리 입으로 음식물을 옮기는 장면 따위는 절대로 보고 싶지 않았지만, 지금만큼은 그 모습이 너무나도 아름다워 보였다.

"라니, 라니! 아까도 레더스 씨가 씹어서 먹여드린 거지? 응?"

"그야……. 그게 왜? 아아…… 뭔지 알았다. 못 말려! 사람 목숨이 달려있는데 화낼 게 따로 있지!"

"그래도 라니한테는 한참 일러!"

잉그리스가 레더스에게 손을 흔들며 대답했다. 잉그리스의 얼굴에는 환한 미소가 걸려 있었다.

멋진 활약이다. 엄청나게 도움이 되었다. 레더스를 향한 감사의 마음이 복받쳐 올랐다.

"에휴……! 뭐, 덕분에 나도 한시름 놓기는 했지만……. 처음은 좋아하는 사람이랑 하고 싶으니까."

무슨 상상을 했는지 라피니아의 얼굴이 붉게 물들었다.

"아, 안 된대도……! 이상한 생각 하지 마!"

"하긴, 지금은 이럴 때가 아니지! 나도 국왕 폐하를 보고 올게!"

라피니아는 종종걸음으로 칼리아스 국왕에게 돌아갔다.

잉그리스도 마음을 다잡고 로슈폴과 아루루를 바라보았다.

"그쪽은 좀 어떤가요……?"

"거, 건네주신 고기는 어떻게든 먹었어요……! 혹시 치료가 가능한 기프트가 있다면 사용해 주실 수 있을까요……?"

아루루는 필사적인 모습으로 잉그리스에게 부탁해 왔다.

"그렇군요. 얼마나 효과가 있을지는 모르겠지만……."

라피니아의 기프트는 어디까지나 외상, 즉, 상처를 치료하는 데 특화되어 있었다. 질병에는 효과를 기대하기 어려웠다.

칼리아스 국왕은 전투로 인한 중상이었기에 신룡의 고기 복용과 라피니아의 기프트가 상승효과를 일으켰지만, 로슈폴은 경우가 달랐다.

하지만 로슈폴을 걱정하는 아루루의 마음도 충분히 이해는 갔다.

"잠시만 기다려 주세요! 금방 그쪽으로 갈 테니까요……!"

칼리아스 국왕을 간호하고 있던 라피니아가 아루루에게 말했다.

"아, 네……! 고맙습……."

아루루가 말을 마치려던 바로 그때였다.

"필요 없다!"

아루루의 무릎에 머리를 기대고 누워있던 로슈폴이 벌떡 일어난 것이다.

"크크크큭……! 기다리게 했군. 자, 약속을 지켜야지. 싸움을 계속해 보실까!"

"네, 그러죠. 고맙습니다."

잉그리스는 빙그레 웃으며 고개를 끄덕였다.

"자, 잠깐만요, 로스……! 아직 얼마 쉬지도 못했잖아요. 무리하지 말고 회복될 때까지 기다려요……!"

"느긋한 소리나 하고 있을 때가 아니야! 우리한테는 시간이 없다……!"

"저분 말대로예요. 서두르지 않으면 늦습니다."

입을 모아 시간이 없다고 말하는 로슈폴과 잉그리스. 아루루는 이해하지 못하고 난감한 표정을 지었다.

"예? 회복만 되면 시간은 얼마든지 있잖아요? 어째서 그렇게 무리를 해가면서까지 서두르는 건가요……! 이만큼 효과가 뛰어난 약이라면 조금만 쉬어도 훨씬 좋아질 텐데……!"

"그래. 확실히 대단한 영약이다. 시체나 다름없던 몸에 서서히 활력이 되돌아오는 것이 느껴져. 이대로 간다면 내 몸은 완전히 회복되겠지. 그리고 그렇게 되면…… 더는 너를 쥐고서 싸움을 지속할 수 없다……!"

"맞아요. 지금까지는 이분의 몸 상태와 강인한 정신력이 만들어낸 기적의 산물이었죠. 촛불의 마지막 일렁임 같은."

"앗……. 그, 그렇구나. 오히려 완전히 회복해 버리면…… 내가 로스를……!"

그렇게 되면 이번에는 하이랄 메나스가 본래의 기능을 발휘해 버리고 만다.

로슈폴의 생명력을 흡수하여 죽음에 이르게 만들 것이라는 뜻이다.

이것만큼은 신룡의 고기로도 해결할 수 없는 문제였다. 로슈폴이 질병에 걸린 것도, 큰 상처를 입은 것도 아니기 때문이다.

"유감이지만 섣불리 회복시키면 지금 생각하신 대로 될 거예요."

제아무리 잉그리스라도 상대에게 목숨을 잃을지도 모르는 전투를 강요할 수는 없었다.

마음도 편치 않았고, 무엇보다 아까웠다. 그럴 바에는 차라리 하이랄 메나스 없이 대련하는 편이 나았다.

하이랄 메나스를 사용하지 않더라도 이만한 강자를 만나기란 쉽지 않았다. 명실상부 로슈폴은 성기사에 필적하는 실력자였다.

에테르와 용린검이 난무하는 싸움이 되지는 않겠지만 그래도 대련 상대로는 충분했다.

하지만…… 지금이라면 로슈폴은 몸이 완전히 회복되지 않아 하이랄 메나스의 부작용을 무시하고 전력을 발휘할 수 있었다. 그렇다면 굳이 싸우지 않을 이유가 없었다. 잉그리스는 신룡의 고기를 건네준 대가로 이 약간의 시간을 산 셈이었다.

"자, 시간이 없어요……! 얼른 방패의 모습으로 돌아가 주세요! 빨리, 빨리……!"

"들은 대로다, 아루루……! 서둘러!"

두 사람이 재촉하자 아루루는 난처한 표정을 지었다.

"자, 잠깐만요! 제가 언제 로스를 해치게 될지 모르잖아요. 위, 위험해요……!"

"아뇨, 당신이라면 그 징조를 아실 거예요. 그렇죠?"

알카드에서 싸웠던 하이랄 메나스 티파니에는 착용자에게서 흘러나오는 생명력을 감지해 냈었다.

그리고 그 생명력의 유입이 끊기는 순간 잉그리스의 힘이 다했다고 판단을 내렸다. 아루루도 하이랄 메나스라면 똑같은 능력을 갖추고 있을 터였다.

"자, 잘 몰라요……! 하이랄 메나스가 된 이후 무기로 변해서 싸워본 건 이번이 두 번째인걸요."

아루루는 겁먹은 얼굴로 고개를 가로저었다.

"흐음. 그렇군요."

아루루는 하이랄 메나스로서의 경험이 비교적 짧은 듯했다. 무리도 아니었다. 설령 프리즈마와 싸워봤다 하더라도 장기전으로 가기도 전에 성기사의 힘이 다해 버리니, 뭐가 어떻게 돌아가는지 제대로 이해하지 못했을 가능성이 컸다. 하이랄 메나스들도 처음부터 하이랄 메나스로 태어난 것이 아니다. 원래는 지상에서 평범하게 살아가던 인간 여성이었다.

티파니에가 전투에 익숙했던 이유는 하이랄 메나스로서 살아온 세월이 길었기 때문이리라. 에리스와 리플도 마찬가지일 것이다.

그녀들은 하이랄 메나스가 소유주에게 가하는 영향과 그 비애를 잘 이해하고 있는 듯 보였다.

과거에 무슨 일이 있었는지 캐물을 생각은 없지만 분명 많은 경험을 하고, 상처받고, 슬퍼했을 것이다. 그렇기에 이러한 굴레를 파괴해 줄 잉그리스에게 기대를 거는 것이다.

잉그리스로서도 강한 적을 양보해 준다면 고마울 따름이었다.

"침착하게 의식을 집중시키면 분명 가능할 겁니다. 기존과 다른 흐름이 느껴지면 그게 바로 종료 신호예요. 자, 용기를 내세요."

"가, 간단히 말하지 말아 주세요……! 이제 겨우 살아났는데 로스에게 무슨 일이 생긴다면 전……! 그, 그렇게 하면서까지 싸우지 않아도……!"

"우리는 불평을 늘어놓을 처지가 아니야, 아루루……!"

로슈폴이 그렇게 말하며 아루루를 제지했다.

"로스……?!"

"대가는 벌써 받았다. 선불로 말이지……! 책임감 있는 어른으로서 약속은 지켜야 하지 않겠어?"

"하, 하지만……! 그런 문제가…….."

"그리고 만약 이곳에서 목숨을 건지더라도 아직 프리즈마가 남아있다. 우리 때문에 긴 잠에서 깨어났을지도 모르는 그 녀석을 내버려 둘 수는 없어. 카랄리아가 베네픽의 수중에 떨어지면 그곳에 사는 자들도 베네픽의 백성이 된다. 백성들을 죽게 내버려 둘 수는 없지."

"아……! 잊고 있었어요…….."

"이제 알겠지? 네 고민이 얼마나 사소한 것인지 말이야."

"화, 확실히……. 맞는 말이네요. 죄송합니다…….."

"그렇다면 적어도 지금만큼은 내게 힘을 빌려줄 수 없을까?

실은 아까부터 전사의 피가 끓고 있거든……! 하이랄 메나스를 휘두르는 기사에게 단신으로 도전해 오는 무인자라고! 이 세상의 상식을 박살 내는 존재다! 재밌잖아!"

"로스……! 알겠어요. 당신이 그것을 바란다면."

아루루는 결의에 찬 눈으로 고개를 끄덕였다.

잉그리스는 로슈폴에게 박수를 쳐주고 싶은 심정이었다. 아루루의 마음이 바뀌면 큰일이므로 실제로 칠 생각은 없지만…….

어쨌든 이 로슈폴이란 인물은 난폭한 척 굴어도 실제로는 굉장히 지적이고 말솜씨도 뛰어났다. 꽤 재미있는 인간성의 소유자였다.

"오래 기다리게 했군. 다시 한번 시작해 보실까!"

로슈폴이 씨익 웃으며 말했다.

"네. 잘 부탁드려요."

잉그리스도 미소를 지으며 인사를 건넸다.

그 사이, 아루루의 몸이 눈 부신 빛에 휩싸여 변화해 갔다.

그리하여 황금빛 방패를 손에 쥔 로슈폴은 후방으로 도약해 거리를 벌렸다.

"시간이 없어서 말이지……! 일격이다! 최강의 일격으로 승부를 내주마!"

"그렇다면 저도 일격으로 승부를 내기로 하죠!"

마음껏 싸울 수 있는 시간은 얼마 되지 않았다.

따라서 잉그리스도 이 기회에 최강의 기술을 시험해 보기로 했다.

"으랴아아아아아아아아아앗!"

로슈폴은 우렁차게 포효하며 황금빛 방패를 높이 치켜들었다.

방패가 한층 더 격렬하게 빛나더니, 흘러넘친 빛이 로슈폴의 몸 주위를 반구 형태로 뒤덮어 나갔다. 그렇게 만들어진 반구 형태의 빛은 계속해서 확대되었고, 마침내 근처에 있던 성벽과 접촉했다.

콰과과광! 쿠과과과광!

성벽이 강력한 압력에 이기지 못하고 와르르 무너졌다.

하지만 이것은 어디까지나 힘의 여파에 불과했다.

더스티 에테르 대부분은 방패 내부에 응축되어 있었다.

아까 맞붙었을 때보다도 훨씬 강하고, 격렬하게 위력을 상승시켜 나가는 중이었다.

"라니! 여러분! 더 멀리 물러나 주세요! 자칫하면 성이 날아갈지도 몰라요!"

"아, 알았어! 조심해, 크리스……! 크리스만 무사하면 그걸로 충분하니까!"

라피니아와 기사들은 잉그리스의 조언대로 플라이 기어에 탑승하여 자리를 벗어났다.

"크읔……! 잉그리스 님께 어울리는 단장복과 식사를 준비해 놓았건만……!"

레더스가 아쉽다는 듯이 입술을 깨물었다.

"앗?! 들었어?! 식사를 준비해 놓았대! 귀여운 옷도! 반드시 지켜야 해! 내가 치료해 줄 테니까 조금은 다쳐도 괜찮아!"

"날 걱정한 지 얼마나 됐다고……. 어쨌든 알았어! 나한테 맡겨, 라니!"

대답을 마친 잉그리스는 크게 심호흡을 하며 용린검을 거머쥐었다.

"그러면 저도……! 하아아아아아압!"

용린검을 움켜쥔 손을 통해서 에테르가 흘러 들어갔다.

에테르 셸을 발동시키면 자연스럽게 무기에 에테르가 침투하지만, 이는 어디까지나 부차적인 효과에 불과하다.

이건 에테르 셸과는 달랐다. 의도적으로 용린검에 에테르를 흘려보내 응축시키고 있었다.

대량의 에테르가 응축된 칼날은 푸르스름한 빛을 띠었고, 시간이 지남에 따라 점점 더 환해져 갔다. 로슈폴의 방패가 뿜어내는 황금빛에 비견될 정도로, 아니, 그 이상으로 밝게 빛났다.

에테르 스트라이크나 에테르 셸도 이 정도는 아니었다. 역대 최강의 기술이었던 에테르 브레이커를 작렬시킨 순간에 필적하는 밝기였다.

그만큼 고밀도의 에테르가 검 안에 응축되었다는 뜻이었다.

에테르는 만물의 근원이 되는 힘이지만 제어가 극도로 어렵다.

에테르를 방출해 내는 것조차 쉬운 일이 아니었다. 잉그리스가 한 번에 방출할 수 있는 에테르의 최대량이 곧 에테르 스트라이크였다.

그 이상의 파괴력을 추구하여 만들어진 것이 바로 에테르 브레이커였다. 에테르 브레이커는 미리 투척해 놓은 에테르 스트라이크를 에테르 셸로 쫓아가 폭발시킴으로써 강제로 파괴력을 끌어올리는 기술이었다.

하지만 이 용린검처럼 에테르를 담을 무기가 있다면 굳이 그런 번거로운 과정을 거칠 필요가 없었다.

무기에 에테르를 응축시키면 낭비가 줄어들어 에테르 브레이커보다 적은 비용으로 비슷한 위력을 발휘할 수 있었다.

아니, 굳이 비슷한 위력에서 만족할 이유는 없었다.

잉그리스는 더욱 강한 기술을 사용할 작정으로 모든 에테르를 쏟아부었다.

"후후후. 제 입으로 말하기 뭣하지만 멋진 검이에요……! 제 전부를 맡기기에 부족함이 없겠어요!"

"크으으윽! 그렇다면 나도 모든 것을 쏟아부어 주마!"

로슈폴이 기합을 넣자 황금빛의 여파가 더욱 확산되었다.

"단순히 화력만 높이면 힘이 밖으로 흩어지고 말아요. 방패를 자신의 일부라고 생각하고 힘을 집중시켜 보세요. 낭비되는 힘이 줄어들 거예요."

힘의 여파로 성을 파괴하고 있는 로슈폴과 달리, 잉그리스는 주변에 별다른 영향을 끼치지 않았다. 기껏해야 발밑의 바닥에 금이 가는 정도였다.

이것은 위력이 떨어져서가 아니라 에테르를 검에 응축시켜 낭비를 최소화했기 때문이다.

"하핫! 정말이지 적을 돕고 싶어서 안달이 난 녀석이로군!"

"아뇨, 아까도 말했지만 도와드리는 게 아니에요. 저는 어디까지나 강적과 싸우고 싶을 뿐이니까요. 싸우는 상대가 강하면 강할수록 좋잖아요."

"그래, 이렇게 말이냐!"

파아앗!

방패의 빛이 더욱 강렬해졌다. 그리고 힘의 여파는 반대로 줄어들었다.

더스티 에테르가 방패로 응축되기 시작했다는 증거였다.

그만큼 방패에 깃든 파괴력도 상승했을 것이다.

"네, 맞아요. 훌륭하시네요."

"칭찬을 받기에는 아직 이르다!"

이윽고 방패에 박힌 보석들이 저마다 다른 색으로 빛나기 시작했다.

방금 보여주었던 사격도 함께 사용할 작정인 듯했다.

이것이 가능해진 것도 힘의 낭비가 줄어든 덕분이었다.

한마디 조언만 가지고 이 정도까지 응용해 내다니 대단했다. 조언한 보람이 있었다.

"크크크큭! 이만한 위력의 공격이 격돌하면 어떻게 될까……! 기대되는군!"

"저도 마찬가지입니다……!"

"자아, 준비는 됐나?!"

"네······! 서로가 가진 최강의 일격으로······!"

로슈폴은 방패를 잉그리스에게 향했고, 잉그리스는 검을 높이 들어 휘두를 준비를 마쳤다.

"간다아아아아앗!"

로슈폴의 방패에서 거대한 광선이 뿜어져 나왔다.

쿠고고오오오오오오!

방패의 새하얀 빛과 여러 보석의 색이 뒤섞인 아름다운 광선이었다. 그리고 사람 키의 몇 배에 달하는 엄청난 규모까지. 로슈폴의 전력이 담긴 공격이 틀림없었다.

"그렇다면 저도······! 하아아아아아아압!"

잉그리스는 자신의 모든 에테르를 쏟아 넣은 용린검을 밑으로 내리그었다. 그러자 칼날에서 방출된 에테르가 거대한 초승달 모양의 검기를 형성했다.

콰과과과과과과과!

방패가 뿜어낸 광선에 뒤지지 않는 에테르 덩어리.

에테르 스트라이크의 몇 배에 달하는 에테르를 쏟아부은 회심의 일격이었다.

초승달 모양의 검기는 지면을 도려내며 광선을 향해 일직선으로 날아갔다.

콰아아아아아아아아아아아앙!

거대한 광선과 빛나는 검기가 격돌하자 무시무시한 굉음이 울려 퍼졌다.

충돌 지점에서는 빛의 기둥이 솟아올라 주변의 지형을 부숴나 갔다.

잉그리스와 로슈폴이 치고받으며 생겨난 흔적을 완전히 뒤덮어 버릴 정도였다.

이 힘겨루기가 계속된다면 성벽은 물론이고 왕성이 통째로 날아갈 게 분명했다.

"자! 과연 어떤 결과가 나올까!"

로슈폴은 한쪽 무릎을 꿇은 채로 두 사람이 날려 보낸 공격의 결말을 지켜보았다. 제대로 서 있지도 못할 정도로 온 힘을 다한 공격이었다.

잉그리스도 마찬가지였다. 거의 모든 에테르를 이 일격에 소비하고 말았다.

다리가 후들거리고, 적잖은 탈력감이 찾아왔다. 하지만……!

"드래곤 로어!"

신룡 후페일베인에게 받은 힘이 아직 남아있었다.

잉그리스는 용린검을 뒤로 당기며 새하얀 용의 기운을 불어넣었다.

"뭐라고?! 저만한 공격을 하고도 아직 힘이 남아있다는 건가?!"

"이게 저의 전력입니다! 하아아아아아아앗!"

잉그리스가 드래곤 로어를 실은 검을 횡으로 휘둘렀다.

포물선을 그리며 방출된 드래곤 로어는 거대한 용의 꼬리로 변

하여 더스티 에테르와 에테르의 충돌 지점으로 날아갔다.

용린검이라는 무기를 얻게 된 잉그리스는 더 이상 복잡한 과정 없이 에테르를 운용할 수 있었다. 에테르 스트라이크처럼 고육지책을 짜내서 억지로 기술의 파괴력을 끌어올릴 필요가 없어진 것이다. 무기에 에테르를 불어넣어 휘두르면 그만이다.

하지만 미리 사용한 기술을 후속타로 폭발시키는 전법 자체는 여전히 유용했다.

처음에 모든 에테르를 쏟아부어 공격한 뒤, 드래곤 로어로 이를 폭발시키면 되는 것이다.

처음에 사용한 기술이 소멸해 버리면 시도조차 불가능하다는 제약도 에테르 브레이커와 비슷했지만, 보다시피 잉그리스가 날린 에테르는 한 지점에 머물러 있었다.

파아아아아아아앗!

눈 부신 빛이 터져 나와 사람들의 시야를 완전히 뒤덮었다.

잉그리스의 드래곤 로어는 충돌하는 두 에테르를 로슈폴 쪽으로 밀어냈다. 그리고…….

"으아아아아아아……!"

쿠과과아아아아아아아아아앙!

로슈폴의 고함마저 지워버릴 정도의 엄청난 빛의 폭발이 일어났다.

폭발은 잉그리스의 맞은편에 있는 성벽을 모조리 날려버리고, 바닥에 무지막지한 크기의 구덩이를 남겼다. 구덩이의 크기는 카랄리아 왕성이 통째로 들어가고도 남을 정도였다.

"“오, 오오오오오오오오!”"

"“무, 무시무시한 위력이다! 여, 역시 대단해……!”"

기사들은 눈앞의 광경에 압도되어 입을 쩍 벌렸다.

거대하기 짝이 없는 폭발이었지만, 다행히도 파괴된 지형은 정원과 성벽, 그리고 왕성에 인접한 수로뿐이었다.

애초에 무너져도 큰 문제가 없는 장소였기에 이만한 기술을 사용한 것이기도 했다. 덕분에 왕성 자체는 무사했다.

어느샌가 횅하니 뚫린 구덩이 속으로 호수에서 끌어온 물이 흘러 들어가고 있었다. 마치 바닥이 보이지 않는 거대한 폭포를 보는 듯했다.

이 점만 보면 참혹한 대파괴의 현장이지만, 물이 구덩이를 가득 메우면 성터의 절반이 수로로 변하게 된다. 즉, '수로가 넓어지고 수심이 깊어졌다'라고 둘러댈 수 있다. 썩 나쁘지 않은 결말이었다.

"음. 처음 시도한 것치고는 괜찮은 위력인걸."

잉그리스는 구덩이 끝에 서서 상쾌한 미소를 지어 보였다.

영웅왕,

극한의무를 위해 전생하다

그리고 세계 최강의 견습 기사가 되다♀

신룡 후페일베인의 비늘로 만든 검을 활용한 에테르와 드래곤 로어의 합동기. '에테르 크로스로어'라고 부르면 되지 않을까.

"엄청나군. 아예 지형을 바꿔버렸어. 정통으로 맞았으면 뼈도 못 추렸겠는걸. 이런 걸 사람한테 쏘다니 제정신이 아니군."

로슈폴이 잉그리스에게 목덜미를 붙잡힌 채로 어이가 없다는 듯이 중얼거렸다.

드래곤 로어를 날린 직후, 잉그리스는 에테르 셸을 발동시켜 전속력으로 로슈폴이 있는 위치까지 달려갔다. 그리고 지금 이렇게 로슈폴을 구해낸 것이다.

"그만큼 강력한 기술이라서 상대할 수 있는 분이 많지 않거든요. 이렇게 구해드렸으니 없던 일로 해주세요."

잉그리스가 싱긋 웃으며 대답했다.

"어째서 나를 구했지?"

"아까워서요. 죽으면 다시 싸울 수가 없잖아요. 치료를 받고 나으시면 다시 대련을 부탁드려요. 되살아난 프리즈마하고는 제가 싸울 테니까 걱정하지 마시고요. 물론 제가 좋아서 하는 일이에요."

"……잘 부탁한다. 네가 웃는 얼굴로 프리즈마를 쓰러트릴 수 있다면 그 이상으로 평화로운 방법도 없겠지. 하지만 너하고 다시 싸우는 건 사양이다. 낫자마자 다시 치료받는 신세가 되고 싶지는 않거든."

그때, 로슈폴이 들고 있던 방패가 빛을 발하며 인간의 모습으로 되돌아왔다.

원래대로 돌아온 아루루는 잉그리스에게서 로슈폴을 받아 들었다. 그리고 꾸벅꾸벅 머리를 숙이기 시작했다.

"고, 고맙습니다! 고맙습니다……! 로스를 구해주셔서……!"

잉그리스는 아루루의 태도에서 그녀의 상냥한 성격과 진심으로 로슈폴을 걱정하고 연모하는 마음을 엿볼 수 있었다.

이번에 두 사람이 펼쳤던 대담한 특공 작전과는 너무나도 딴판이었다.

"그나저나 무슨 생각으로 이런 작전을 감행한 건가요?"

잉그리스는 두 사람과 좋은 전투를 펼쳐서 만족했지만, 약간의 의문은 남아있었다.

"저, 저를 위해서예요. 베네픽의 하이랄 메나스는 저 하나뿐이니까요……. 만약에 무슨 일이 생기면 제가 모든 걸 짊어져야 하거든요. 하지만 카랄리아를 함락시키고 이곳의 하이랄 메나스를 아군으로 만들 수만 있다면 그 의무를 나눠서 짊어지게 될 거라고……."

로슈폴은 자신이 죽은 뒤에도 아루루가 괴로워하지 않기를 모양이었다.

일리가 있었다. 하이랄 메나스가 한 명뿐인 나라에서는 위급한 사태가 발생했을 때 그 하이랄 메나스가 혼자서 모든 것을 감당해야 했다.

카랄리아에는 에리스와 리플이라는 두 명의 하이랄 메나스가 존재했고, 덕분에 그녀들의 부담도 절반으로 줄어들었다.

서로를 격려할 수 있다는 점도 크게 작용했을 것이다. 덕분에 나라를 지키는 수호자로서 자신의 역할을 완수해 나갈 수 있었으리라.

에리스와 리플에게서 느껴지는 강한 연대감이 그 증거였다.

만약 베네픽이 카랄리아를 함락시킨다면 하이랄 메나스를 접수하여 세 명으로 늘어날 테고, 자연스럽게 아루루의 부담도 가벼워질 것이다.

"구두쇠 같은 윗놈들을 설득해 봤자 하이랄 메나스는 늘어나지 않아. 그렇다면 외부에서 빼앗아 올 수밖에…… 얼마 남지 않은 내 목숨의 마지막 무대가 될 예정이었다. 하지만 전혀 예상치도 못한 결말을 맞이하고 말았어. 정말이지 세상일이란 한 치 앞도 모르는 법이군."

로슈폴은 자조하듯 어깨를 으쓱였다.

"저희가 저지른 짓이 여러분께 큰 민폐였다는 것은 알고 있어요……! 하지만 차마 말릴 수가 없어서…… 정말 죄송해요……!"

"네가 사과할 일이 아니야, 아루루. 모든 건 대역죄인인 이 몸이 너를 꼬드겨서 벌인 일이다. 그걸로 충분해."

"아뇨. 두 분 모두 사과하실 필요 없어요. 덕분에 좋은 전투를 치렀으니까요. 고맙습니다."

잉그리스는 두 사람에게 고개를 숙였다.

"로스…… 이분 말인데요."

"그래, 제정신이 아니야……. 나보다 더 미쳤어. 크크큭…… 재밌군."

"하지만 뒷일은 국왕 폐하께서 결정하실 겁니다. 그건 저도 어떻게 해드릴 수가 없어요."

칼리아스 국왕이 두 사람을 처형하겠다고 말하면 그것을 막을 방법은 없다.

엄밀히 말하면 억지로 두 사람을 구해낼 수는 있을 것이다. 하지만 그랬다간 이 나라에서 살지 못하게 되는 것은 물론이고, 라피니아와 라파엘, 가족들에게도 큰 민폐를 끼치게 될 것이다.

눈앞의 두 사람을 위해서 그만한 불편까지 감수할 생각은 없었다.

"이 둘은 포로로 삼겠다. 처분은 차후에 정하도록 하지……. 우선은 몸을 치료해 두도록."

바로 그때, 칼리아스 국왕이 다가와 사람들에게 고했다.

약간 휘청거리기는 했지만 혼자서 움직일 수는 있는 모양이었다.

"국왕 폐하!"

"……그것이 잉그리스 자네가 바라는 바일 테지? 그렇다면 그렇게 하지. 이번에도 나라를 위기에서 구해주었군. 신세를 졌다."

칼리아스 국왕은 그렇게 말하며 잉그리스에게 고개를 숙여 보였다.

"과분한 말씀입니다. 당연한 일을 했을 뿐입니다. 그러니 고개를 드세요."

잉그리스는 머리를 조아리며 칼리아스 국왕 앞에 한쪽 무릎을 꿇었다.

""역시 잉그리스 님……! 저리도 속이 깊으시다니……!""

""그리고 아름다워……!""

"훌륭하십니다, 잉그리스 님! 저희 근위기사단 일동, 원래부터 대단하신 분인 줄은 알았지만, 지금의 모습을 보고 더욱 탄복했습니다."

레더스의 찬사에 다른 근위기사들도 동의하듯 고개를 끄덕였다.

한편, 잉그리스의 옆에는 어느새 라피니아가 다가와 있었다.

"……맞는 말이야. '와, 강해 보이는 적 발견! 이게 웬 횡재야! 한번 붙어봐야지! 점프!' 하고 시작된 싸움이니까……. 자기가 좋아서 날뛰는 애한테 고맙다는 인사는 필요 없지."

라피니아가 혼잣말처럼 중얼거렸다.

"라니, 쉿……! 그건 아무한테도 말하면 안 돼!"

잉그리스는 작은 목소리로 라피니아를 타일렀다.

지나가다가 운 좋게 강적과 마주치면 싸우는 게 당연했다.

다만, 이 행동을 어떻게 해석할지는 받아들이는 사람의 자유였다.

애국심과 충성심으로 해석해도 상관없었다.

그런다고 결과가 달라지는 것도 아니므로.

"……? 뭐라고 했는가?"

"아닙니다! 그보다 본의 아니게 성벽과 운하를 파괴해 버려서 죄송합니다. 드릴 말씀이 없습니다."

"그 정도는 감수해야지. 불문에 부치도록 하겠다. 정말로 수고했다."

칼리아스 국왕은 고개를 크게 끄덕이며 말했다.

"알카드에서의 활약도 익히 들었다. 자네의 무훈에 무언가 보답을 해주고 싶은데……. 원하는 것이 있는가?"

"……그렇다면 저분에게 회복되는 즉시 저와 싸우라는 형벌을 내려주심이……."

북쪽의 알카드에서는 다양한 성과를 얻을 수 있었다.

새로운 힘인 드래곤 로어.

잉그리스의 에테르를 무리 없이 견뎌내는 용린검.

최고의 별미이자 만병통치약이기도 한 신룡의 고기.

하지만 잉그리스가 얻지 못한 것이 한 가지 있었다.

그것은 바로 자신이 원할 때마다 대련할 수 있는 상대였다.

이안처럼 자기 자신을 복제하거나, 신룡 후페일베인을 이곳으로 데리고 올 수 있었다면 좋았을 테지만 전부 수포가 되고 말았다.

이벨의 기술력이 숨겨져 있던 기계룡은 후페일베인과 융합하더니 기신룡이 되어 하이랜드로 떠나가 버렸다.

둘 중 하나라도 확보할 수 있었다면 얼마나 좋았을까. 그러므로 역시 자신이 원할 때마다 싸울 수 있는 상대가 필요했다.

꽈아아아악!

옆에서 라피니아가 잉그리스의 귀를 잡아당겼다.

"크리스! 무슨 바보 같은 소리야! 두 사람이 불쌍하지도 않아? 간신히 목숨을 부지했는데 죽기보다 괴로운 벌을 받게 만들어서 어쩌자는 거야……!"

"아, 아야야……! 그, 그렇지 않아. 이건 서로의 실력을 기를 수 있는 생산적이고도 신성한 의식이라구. 그러니까 저쪽도 분명 기뻐할 거야."

"아니. 미인에게 따끔한 벌을 받는 건 싫지 않지만……. 그걸 영원히 반복하는 건 사양이다. 차라리 편하게 죽을 수 있도록 사형을 선고해 줬으면 좋겠군."

"이거 봐, 싫다잖아! 그런 짓은 마석수에나 해! 분명히 안 된다고 말했다! 알았지?!"

"응, 알았어!"

"? 기운차게 대답할 대목이 아닌데……."

"마석수는 길러도 된다는 거잖아?"

그렇다면 얼마든지 로슈폴을 포기할 의향이 있었다.

"당연히 안 되지! 꿈도 꾸지 마!"

"에엑……?! 아까는 된다고 말했으면서! 치사해, 라니!"

"그거랑 이거는 별개야! 어쨌든 안 돼! 무조건 안 돼! 알았어?!"

"으으……."

라피니아가 잉그리스를 따끔하게 혼내주자 아루루가 다가와 감사를 표했다.

"배, 배려해 주셔서 고맙습니다……!"

"아뇨, 고맙긴요. 오히려 저희 크리스가 바보 같은 소리를 해서 죄송할 따름이죠. 두 분은 치료에만 전념해 주세요. 분명 건강해 지실 거예요."

상냥하게 웃으며 대답하던 라피니아는 흠칫한 듯 칼리아스 국왕에게 사죄했다.

"죄, 죄송합니다, 국왕 폐하……! 제가 멋대로 결정할 수 있는 게 아닌데……."

"아니, 신경 쓰지 마라. 누가 이자들을 치료가 가능한 장소로 옮겨다오. 베네픽의 하이랄 메나스여. 감시와 구속이 따르게 될 텐데, 불만은 없는가?"

"괘, 괜찮습니다……! 로스의 목숨을 살려 주셔서 진심으로 감사드립니다."

아루루는 칼리아스 국왕에게도 머리를 깊숙이 조아렸다.

"후후……. 눈물이 다 나오겠군, 칼리아스 국왕 폐하. 자신을 빈사로 몰아넣었던 적국의 장수를 죽이지 않고 살려주다니. 당신도 제정신인 인물은 아니로군?"

로슈폴이 칼리아스 국왕을 비꼬듯 웃었다.

하지만 칼리아스 국왕은 조롱이나 도발에 전혀 넘어가지 않는 성격이었다. 예전에 왕궁을 방문했던 이벨이 아무리 굴욕적인 도발을 던져도 마지막까지 견뎠던 인물이다.

그에 비하면 로슈폴의 발언 정도는 가벼운 축에 속했다.

"흠. 자네를 살려주는 것과 이 소녀를 기사단장 자리에 앉히는 것. 어느 쪽이 더 어려운 결정이라고 생각하나?"

칼리아스 국왕이 히죽 웃으며 되받아쳤다.

"크크큭……. 그렇군. 내 목숨을 살리는 건 귀여운 수준이었어. 실례했다."

"그러면 이만 이자들을 연행하도록."

""예!""

레더스와 기사들은 짧은 대답을 마치고 로슈폴과 아루루를 연행해 갔다.

"그렇구나. 크리스를 기사단장으로 임명하는 건 자신의 목숨을 위협받는 것만큼 위험한 짓이었구나. 역시 국왕 폐하셔. 다 알고 계시네……."

로슈폴과 아루루의 뒷모습을 바라보며 라피니아가 중얼거렸다.

"말이 심하네. 내가 국왕 폐하와 대련했다면 저렇게 다치게 하지는 않았을 거야."

"그런 문제가 아니잖아……."

그때 대화를 나누는 두 사람에게 칼리아스 국왕이 말을 걸었다.

"라피니아여."

"저, 저요……? 아, 네!"

칼리아스 국왕에게 직접 이름을 불리는 것이 처음이었던 라피니아는 화들짝 놀라고 말했다.

"자네도 나의 목숨을 구해주었지. 그것도 두 번이나. 정말 고맙구나."

"아, 아니에요. 크리스도 말했지만 당연한 일을 했을 뿐이에요! 저희가 태어난 나라의 국왕 폐하이신걸요!"

긴장한 라피니아가 등을 꼿꼿이 펴고 대답했다. 칼리아스 국왕은 온화하게 웃으며 그 모습을 바라보았다.

"자네도 뭔가 원하는 것이 있는가? 자네의 공도 잉그리스에게 뒤지지 않는다 생각한다만."

"아뇨, 괜찮습니다……! 딱히 아무것도…… 으읍?!"

꽈악!

바로 그때, 잉그리스가 라피니아의 입술을 붙잡아 틀어막았다.

"무느 흐느흐, 크르흐! (무슨 짓이야, 크리스!)"

"원하는 게 있습니다! 라니는 말하지 못하는 상태 같으니 제가 대신 말씀드릴게요!"

잉그리스가 빙그레 웃으며 칼리아스 국왕에게 말했다.

한 시간 뒤.

잉그리스와 라피니아는 왕궁의 한 의상실에 있었다.

이윽고 부스럭부스럭 옷 갈아입는 소리가 끝나며 잉그리스의 환복이 완료되었다.

하는 김에 전투로 흐트러진 머리도 잘 빗질해 주었다.

"자, 됐어! 역시 크리스는 뭘 입어도 어울린다니까~♪ 자, 웃으면서 돌아봐. 빙글빙글~♪"

"알았어, 라니."

잉그리스는 라피니아의 말대로 커다란 거울 앞에서 두세 바퀴 빙글빙글 돌아보았다. 두둥실 떠오른 외투에는 카랄리아의 근위 기사단장임을 나타내는 문장이 떡하니 새겨져 있었다.

"마음에 든다, 이 복장! 전부터 멋지다고 생각했거든."

"동감이야."

잉그리스도 라피니아와 똑같은 의견이었다. 전부터 한번 입어 보고 싶었다.

"그리고…… 우리가 지금부터 하려는 일에도 어울린다고 생각해! 역시 뭐든 모양새부터 갖춰야 의욕이 난다니까!"

라니가 콧김을 뿜어내며 말했다.

"그러게. 멋진 옷이네. 에리스 씨와 리플 씨하고 동료가 된 기분이야."

기사단장으로 취임하면서 받게 된 옷은 에리스와 리플의 복장을 기반으로 만들어져 있었다. 외투에 근위기사단의 문장이 새겨 져 있다는 점만이 달랐다.

카랄리아의 문화와 전통이 반영된 디자인이라는 듯했다.

그렇지 않아도 에리스와 리플의 의상이 멋지다고 생각하던 참이었기 때문에 잉그리스도 만족스러웠다.

"뭐, 크리스의 경우에는 두 사람을 본받아서 바보 같은 짓 말라는 의미도 담겨 있어 보이는데?"

"딱히 본받을 생각은 없어. 나하고 두 사람은 방식 자체가 다르니까. 아무도 희생시키지 않고 싸움을 즐기는 게 내 목표잖아. 안 그래?"

"……이길 수 있지? 늦지 않겠지?"

불현듯 라피니아가 심각한 표정을 지으며 잉그리스의 손을 움켜잡았다.

로슈폴과의 싸움은 어디까지나 전초전에 지나지 않았다.

용린검과 새로운 전법을 시험해 볼 수 있어서 좋기는 했지만 진정한 싸움은 이제부터였다.

다행히 아직은 프리즈마가 아르멘 마을에 모습을 드러내지 않은 상태였다. 그래도 임명식을 마치는 대로 서둘러 그곳으로 향해야 했다.

결국 이런저런 생각들이 쌓이면서 불안해진 모양이었다.

"맡겨 둬. 나는 라니의 종기사잖아. 라니가 슬퍼할 일이 생기도록 놔두지 않을 거야."

"알았어. 믿고 있을게."

"응. 걱정하지 마. 그러면 슬슬 가볼까? 국왕 폐하와 레더스 씨가 기다리실 거야."

다들 잉그리스가 의상을 갈아입고 임명식을 받으러 오길 기다리고 있었다.

잉그리스는 라피니아의 손을 잡고 의상실의 출구로 향했다.

문득 가슴을 옥죄는 듯한 긴장감이 느껴졌다.

"후우……. 가슴이 답답하네."

하지만 사실은 긴장감 때문이 아니라 옷의 가슴 부분이 꽉 끼는 탓이었다.

잉그리스의 가슴을 덮은 천이 터질 듯 팽팽해져 있었다.

"여기도 에리스 씨하고 리플 씨와 비슷한 사이즈인가……. 꽉 끼는걸."

잉그리스는 그렇게 말하며 가슴 부분을 살짝 풀어 헤쳤다.

조금은 편해진 기분이 들었다.

한편 라피니아는 그런 잉그리스를 몹시 불만스러운 눈으로 바라보고 있었다.

"……뭐야, 그건. 나한테 과시하는 거야? 나는 가슴이 아주 여유 있는데?"

"어……? 아하하, 라니도 매우 어울리니까 너무 신경 쓰지 마. 귀엽다, 귀여워."

라피니아가 저런 눈빛으로 자신을 바라보면 대개는 가슴을 주물러지거나, 린이 뛰어드는 등의 운명이 기다리고 있기에 잉그리스는 황급히 얼버무렸다.

참고로 라피니아의 의상도 잉그리스와 같은 기사단장용 의상이었다.

하지만 에리스와 리플을 기준으로 매겨진 가슴 사이즈는 잉그리스에게는 너무 갑갑하고, 라피니아에게는 너무 여유 있는 모양이었다.

바로 그때, 의상실에서 나온 잉그리스와 라피니아에게 레더스와 기사들의 환성이 쏟아졌다.

""오오……! 멋지다!""

""두 분 모두 잘 어울리십니다……!""

잉그리스는 그 말에 편승해서 라피니아의 기분을 풀어주려 노력했다.

"거, 거봐. 다들 잘 어울린다고 그러잖아. 정말이래도."

라피니아가 후우, 하고 한숨을 내쉬었다.

그리고 불만스러워 보였던 아까와 다르게 긴장한 표정을 지었다.

"저, 정말로 괜찮을까? 나까지 이런 대우를 받아도…….

에리스와 리플과 똑같은 의상을 입은 잉그리스와 라피니아.

그리고 두 사람의 의상에는 기사단의 문장이 새겨져 있었다. 즉, 여기에는 다음과 같은 의미가 담겨 있었다.

임시 긴급 명예 근위기사단장 대행 차석 잉그리스.

임시 긴급 명예 근위기사단장 대행 수석 라피니아.

칼리아스 국왕이 라피니아에게 원하는 것을 물었을 때, 라피니아의 입을 틀어막은 잉그리스가 요구한 것이 바로 이것이었다.

"괜찮아. 국왕 폐하가 허락해 주셨으니까 당당하게 받아들이면 돼."

"그, 그래도……."

"걱정할 거 없다고. 어차피 하는 일은 평소랑 다르지 않아."

그것은 바로 강적을 찾아가서 싸우는 것이었다.

잉그리스와 라피니아가 늘 하던 활동을 칼리아스 국왕에게 정식으로 허락을 받았다고 생각하면 편했다.

"비상근 업무니까 이번 일이 끝나면 다시 기사 아카데미로 돌아갈 수 있어. 게다가 나는 라니의 종기사니까 이러는 편이 오히려 자연스러워. 나만 기사단장이 되어버리면 종기사로서 면목이 없잖아."

어느 세상에 주인보다 신분이 높은 종기사가 존재한단 말인가.

여기까지 가면 이미 종기사라고 부를 수도 없었다.

하지만 잉그리스는 어디까지나 라피니아의 종기사였다.

잉그리스 유크스로서 살아가는 데 있어 그것은 절대적인 규칙이었다.

그러므로 라피니아는 아주 조금이라도 좋으니 자신보다 위에 서줬으면 했다.

그래서 잉그리스가 차석이고, 라피니아가 수석이었다.

"후후훗. 도대체 무슨 소리래. 뭐, 결국 크리스가 그러고 싶다는 거지?"

라피니아가 키득키득 웃으며 말했다.

"응, 그런 셈이지."

제아무리 잉그리스라도 라피니아가 아무런 활약을 하지 않았다면 이런 제안을 건네지는 못했을 것이다. 하지만 칼리아스 국왕이 직접 라피니아의 공적을 치하하고, 원하는 것을 들어주겠다고 했기에 그렇게 했을 뿐이다.

칼리아스 국왕도 이러는 편이 잉그리스를 제어하기 쉽다는 계산이 깔려 있었을 것이다.

하지만 이것으로 충분했다. 덕분에 잉그리스도 마음 편히 프리즈마와의 전투에 임할 수 있게 되었으니 아무런 문제도 없었다. 서로에게 득이 되는 이야기였다.

"알겠어. 그러면 기사단장 대행 수석으로서 차석한테 작전 명령을 내려야 되겠지? 어떻게든 할 것! 이거면 돼?"

"네. 명령 받들겠습니다."

두 사람은 화기애애하게 웃으며 칼리아스 국왕이 있는 대강당으로 향했다.

대강당에는 이미 연회 준비가 갖춰져 있었다. 다양한 요리의 다양한 냄새가 풍겨왔다.

임명식과 조촐한 연회가 전부라고 들었지만 충분하고도 남을 만큼의 진수성찬이 마련되어 있었다.

"오오오…… 굉장해!"

"우와! 나, 생선이 먹고 싶어……! 게랑 새우도!"

"나도 그래. 최근에 용 고기만 잔뜩 먹어서 그런지 어패류가 당기네……!"

신룡의 고기가 극상의 진미이기는 했지만, 고기만 먹다 보면 다른 음식도 먹고 싶어지는 것이 인간의 심리였다. 눈앞의 요리들은 그러한 욕구에 충분히 부응해 줄 듯 보였다.

"음. 왔나. 나라의 존망을 건 싸움에 걸맞은 차림새로군. 잘 어울리는구나."

잉그리스와 라피니아를 맞이한 칼리아스 국왕이 만족스럽게 고개를 끄덕였다.

""고맙습니다.""

두 사람은 공손하게 목례한 뒤 국왕 앞에 무릎을 꿇었다.

"상황이 긴박하니 짧게 끝내도록 하지. 이 위급한 시기에 잉그리스 유크스, 라피니아 빌포드 두 사람에게 근위기사단의 전권을 맡기노라. 곧장 아르멘으로 향하여 프리즈마를 격퇴하고 오라!"

""예……!""

잉그리스와 라피니아가 입을 모아 외쳤다.

"잉그리스 님! 라피니아 님! 축하드립니다!"

레더스가 첫 번째로 외치며 손뼉을 치기 시작했다.

""축하드립니다!""

""앞으로 잘 부탁드립니다!""

부하 기사들도 레더스를 따라 박수갈채를 보냈다.

"조촐한 연회를 준비했다. 주어진 시간은 많지 않지만, 푹 쉬다가도록."

""네! 감사합니다!""

잉그리스와 라피니아가 눈을 반짝이던 그때.

"국왕 폐하! 국왕 폐하! 아르멘 마을에서 전령이 도착했습니다! 프리즈마가 아르멘 마을의 근교로 접근 중이라 합니다!"

황급히 뛰어 들어온 기사가 보고를 올렸다.

"……?! 들었던 것보다 빠르네……!"

도착까지 며칠은 걸릴 것이라던 프리즈마의 움직임에 변화가 생긴 듯했다. 그것이 무엇인지는 불명이지만 좋은 징후는 아니었다.

어쨌든 더는 여유를 부릴 수도 없게 되었다.

"서, 서둘러 오라버니가 있는 곳으로 가야 해!"

하지만…….

꼬르륵! 꼬르르르륵!

두 사람의 배는 의견이 다른 모양이었다.

""…….""

시선을 교환한 잉그리스와 라피니아는 칼리아스 국왕에게 머리를 숙이며 외쳤다.

""국왕 폐하, 죄송합니다!""

그리고 얼마 후…….

"잉그리스! 전속력으로!"

"응! 알았어!"

잉그리스는 스타 프린세스호의 시동 레버를 힘차게 잡아당겼다.

철컥! 위이이이이이잉!

엔진의 구동음이 들리기 시작했다. 아르멘 마을까지의 거리를 생각하면 플라이 기어가 가장 빠른 이동 수단이었다.

참고로 스타 프린세스호를 이곳으로 가져온 이는 다름 아닌 레더스였다. 잉그리스와 라피니아가 혈철쇄 여단의 배에서 기다리는 동안, 알카드에서부터 실어 온 스타 프린세스호를 타고 먼저 왕궁으로 향했던 것이다.

이윽고 잉그리스와 라피니아가 진지한 표정으로 외쳤다.

""그럼 출발하겠습니다!""

"으, 으음. 부탁하마……!"

칼리아스 국왕의 대답을 신호로 날아오르는 잉그리스와 라피니아. 그런데 두 사람은 커다란 보따리를 끌어안고 있었다.

바로 연회에 나왔던 음식들이었다.

먹을 시간이 없었기에 포장해 가기로 한 것이다. 기사단의 문장이 새겨진 외투를 사용해서.

아무리 그래도 칼리아스 국왕이 보는 앞에서는 먹지 않았지만, 날아가면서 배를 채우려는 생각인 듯했다.

"이, 잉그리스 님의 행동은 역시 예측할 수가 없군요……!"

"저 외투를 보따리 대용으로……?!"

"어, 어떤 의미로는 대단하군요……."

빠른 속도로 멀어져 가는 스타 프린세스호를 바라보면서 중얼거리는 기사들.

"작금의 위기에 비하면 사소한 문제다. 배가 고프면 제대로 싸울 수 없다는 말도 있잖은가."

칼리아스 국왕은 태연한 얼굴로 주변의 목소리에 답했다.

아르멘 마을.

밤중임에도 잠을 자는 사람은 아무도 없었다. 마을은 극도의 긴장감과 소란스러운 목소리들로 뒤덮여 있었다.

"서둘러라! 얼마 지나지 않아 마석수가 몰려올 거다! 위치로!"

"지하 갱도의 입구를 전부 개방해라! 언제든지 신속하게 후퇴할 수 있도록 해야 한다!"

아르멘 마을은 원래부터 프리즈마가 안치되어 있던 장소였다. 따라서 마을 자체가 프리즈마를 대비해서 설계되어 있었다.

마을의 지하 갱도도 그렇게 만들어진 구조물 중 하나였다. 이번 전투를 앞두고 추가적인 확장 공사와 보급이 이루어져 지하 요새화가 되어 있었다.

선대 특사였던 문테와 세오도어 특사가 취임하면서부터 카랄리아군에 플라이 기어와 플라이 기어 포트가 보급되기 시작했지만, 아직 모든 지역이 비행 부대를 편성하지는 못한 상태였다.

따라서 지하 갱도는 지상 부대가 프리즈마의 광범위한 공격으로부터 몸을 숨기는 데 의의가 있었다.

프리즈마를 저지하기 위해 황급히 지하 갱도에서 뛰쳐나와 자신의 위치로 이동하는 기사들.

한편, 유아는 그들의 다급한 모습을 멍하니 바라보고 있었다.

마을에서 가장 높은 건물의 지붕에 앉아 다리를 흔들거리면서.

이곳은 한때 프리즈마가 안치되어 있었던 건물이었다.

중요한 장소니 올라오면 안 된다고 쓴소리를 듣기도 했지만, 그래도 유아는 이 자리가 좋았다. 이상하게 푸근한 기분이 들었다.

시간이 날 때마다 이곳에서 빈둥거리곤 했으며, 지금도 그러고 있었다.

"어~이! 유아!"

그때 누군가가 유아의 이름을 불렀다.

이쪽으로 날아오는 플라이 기어에서 들려온 목소리였다.

"홀쭉이구나. 왜?"

기사 아카데미의 동급생인 모리스였다. 유아에게 몇 없는 친구 중 한 명이었다.

"지금 왜라고 물을 때냐! 저 밑의 소란을 봐라! 프리즈마가 오고 있다!"

마침 플라이 기어를 타고 날아온 실바가 유아에게 소리쳤다. 기사 아카데미의 학생들에게 집합령이 떨어진 상황임에도 유아가 나타나질 않았기에 모리스에게 위치를 안내받아 데리러 온 것이다.

"죄송해요, 안경 선배. 여기에 있으면 기분이 좋거든요."

"……너도 참 대단한 녀석이다. 이 상황에도 평소 그대로구나!"

"칭찬받았다. 땡큐."

"칭찬이 아니야! 비꼰 거다!"

하지만 본심을 말하자면 반쯤은 칭찬한 것이 사실이었다.

모두가 두려움에 짓눌린 채로 프리즈마와 맞서 싸우려 할 때, 유아만이 태연자약한 태도를 무너트리지 않았다. 대단한 소녀였다.

"하하, 너를 보고 있으면 어떻게든 될 것도 같아. 겁먹은 기색이 전혀 없는걸."

모리스가 한숨을 내쉬며 말했다.

"겁먹을 필요 없어. 무서워할 상대가 아니거든. 왠지 모르게 느껴져."

"……어쨌든 교장 선생님이 계신 곳으로 집합이다! 모리스 군의 뒷자리에 타라!"

"라져."

유아는 모리스의 플라이 기어로 폴짝 올라탔다.

"좋아, 간다!"

실바가 앞장서서 마을의 동쪽 방벽을 따라 나아갔다.

바람을 가르며 마을의 상공을 이동하던 그때.

"이런! 놈들이 왔어. 마석수 무리가 보인다!"

실바의 말대로 동쪽 하늘에 비행형 마석수들이 모습을 드러내기 시작했다.

실바는 한시라도 빨리 이 사실을 지상의 기사들에게 전달하기 위해서 크게 외쳤다.

"여러분! 동쪽에서 적이 출현했습니다! 비행형 마석수 무리가 다수! 그런데 일부는 발로 무언가를 옮기고 있습니다……! 저건…… 이, 인간형……! 인간형 마석수입니다!"

"이, 인간형 마석수……?!"

"대체 무슨 소리야?!"

"인간형 마석수가 존재한다고?!"

실바의 보고를 들은 지상의 기사들 사이에서 동요가 번져 나갔다.

곧이곧대로 설명한 것은 실수일지도 몰랐다. 하지만 그렇다고 거짓말을 할 수는 없었다.

수인종 마석수는 예전에도 목격한 적이 있지만, 그때와는 분위기가 달랐다.

게다가 수인종 마석수는 이미 전멸했기 때문에 두 번 다시 나타날 일이 없었다.

그렇다면 저 마석수들은 대체 무엇일까.

프리즈마는 걸어 다니는 프리즘 플로나 마찬가지다. 따라서 인간을 제외한 주위의 생물들을 마석수로 바꾼다.

하이랜더들은 프리즘 플로에 대한 저항력이 부족해 마석수가 될 수 있다고 들었다. 그렇다면 저 마석수들도 원래는 하이랜더였던 것일까? 하지만 그런 것치고는 수가 너무 많았다.

애초에 하이랜더는 프리즘 플로와 프리즈마의 위협에서 벗어나기 위해 하늘로 이주까지 한 자들이다. 그런 하이랜더들이 떼지어 프리즈마에게 접근할 리가 없었다.

"시, 실바 선배……! 저건 대체……?!"

"모르겠어! 우선은 교장 선생님께 가자……!"

그리하여 실바를 포함한 세 사람은 동쪽 방벽의 상공에 체류 중인 기사 아카데미의 플라이 기어 포트로 이동했다. 플라이 기어 포트 안에서는 밀리에라 교장이 학생들을 지휘하고 있었다.

"교장 선생님!"

"아, 실바 군! 유아 양을 데려오셨군요. 고맙습니다!"

"그보다 교장 선생님! 저 인간형 마석수는 대체 뭐죠?! 저만한 수의 하이랜더가 프리즘 플로에 노출되었다고 생각하기는 힘듭니다. 게다가 수인종 마석수도 전멸했을 텐데요!"

"저도 잘 모르겠지만, 지금은 쓸데없는 고민을 할 여유가 없어요! 마석수는 마석수! 망설이지 말고 격퇴해 주세요!"

밀리에라가 엄격한 표정으로 실바를 다그쳤다.

"하, 하지만……."

실바가 뭐라고 말을 하려던 그때였다.

새하얀 안개가 빠른 속도로 주변을 메워나가기 시작했다.

그리고 그 안개는 희미하게 무지갯빛으로 반짝이고 있었다.

"뭐, 뭐지……?!"

"이거, 프리즘 플로와 비슷하지 않아?!"

지상의 기사들이 소리쳤다.

"경계해라! 주변의 동물들이 마석수로 변할지도 몰라!"

그런데 그 순간.

"으그아아아아아아아악!"

한 명의 기사가 비명을 지르며 쓰러졌다.

그리고 이어서 그의 몸이 변형되기 시작했다.

기사의 몸은 삽시간에 거대해졌고, 광물처럼 단단한 외피로 뒤덮였으며, 변형된 신체 곳곳에서는 빛나는 보석이 발견되었다.

"마, 마석수로 변했어……?!"

"이럴 수가! 인간이 마석수로 변하다니!"

실바의 불길한 예감이 적중하고 말았다.

두 눈으로 똑똑히 보았다. 결코 잘못 본 것이 아니었다. 환각도 아니었다. 이건 현실이다.

게다가 비명을 내지른 것은 기사들만이 아니었다.

"윽……?! 으아아아아! 뜨거워! 프리즘 파우더가!"

유아를 뒷좌석에 태우고 플라이 기어를 조종하고 있던 모리스가 몸을 부들부들 떨면서 괴로워하기 시작한 것이다.

옷 안쪽에 무언가를 숨겨두고 있었는지 목 주변이 무지갯빛으로 격렬하게 빛나고 있었다.

"모리스 군! 뭔지는 모르겠지만 그걸 버려! 위험해!"

실바가 외쳤지만 때는 이미 늦었다. 모리스가 몰던 플라이 기어는 중심을 잃고 낙하했다.

"……?!"

유아는 기체에서 뛰어내려 무사히 착지했지만, 모리스는 기체와 함께 지면에 추락하고 말았다.

그리고 아까 봤던 기사처럼 육체가 변형되기 시작했다.

"홀쭉아……?"

그워어어어어어!

유아의 부름에 모리스는 더 이상 인간이라 할 수 없는 목소리로 대답했다.

둥근 창문을 통해 희미한 불빛이 새어 들어오고, 저 멀리서 미세한 진동음이 들려왔다.

눈앞에서는 새근새근 규칙적인 숨소리와 온기가 전해져 왔다.

라피니아의 온기였다.

때는 혈철쇄 여단의 전함을 타고 카랄리아로 향하는 도중.

잉그리스와 라피니아는 조용한 밤을 보내고 있었지만, 실은 이건 평범하지 않은 상황이었다.

평소 라피니아는 드르렁드르렁 코를 골면서 시끄러운 소리를 낸다.

잉그리스는 익숙해져서 괜찮지만, 처음 겪는 사람들은 대부분은 견디기 힘들어했다. 알카드로 원정 갔을 당시, 같은 방에서 묵었던 레오네와 리제롯테는 귀마개를 끼고 잠을 청했을 정도였다. 야영했을 때는 옆 텐트에서 자던 라티가 밤잠을 설치기도 했다.

하지만 라피니아가 이따금 조용할 때가 있었다. 바로 괴로운 일이나 슬픈 일을 겪었을 때. 즉, 정신적으로 불안정할 때였다. 어릴 적부터 함께 자라온 잉그리스였기에 알고 있는 사실이었다.

역시 겉으로는 발랄하게 행동해도 라파엘이 처한 상황을 생각하면 마음이 찢어질 것이다. 휴식을 취하고 있으면 괜히 더 걱정되고 불안해지는 모양이었다. 그래서 결국 씩씩한 코골이도 사라져 버리는 것이다.

"라니, 괜찮아. 걱정하지 마. 내가 어떻게든 해줄 테니까……."

잉그리스는 같이 누워있는 라피니아의 머리카락을 쓰다듬어 주었다.

라피니아는 잉그리스의 가슴에 얼굴을 파묻고 잠들어 있었다.

지금도 종종 같은 침대에서 자기는 하지만 이렇게 찰싹 달라붙는 경우는 드물었다. 잠버릇이 조용해지는 것도, 달라붙는 행동도 무언가 심각한 일이 있을 때만 보이는 특징들이었다.

라피니아의 심리 상태와는 별개로 잉그리스는 이 시간이 딱히 싫지 않았다. 지금처럼 조용히 잠들어 있는 라피니아의 얼굴을 바라볼 기회는 많지 않았다.

"오라버니……. 나 힘낼게……."

잠꼬대였다. 꿈속에서도 라파엘을 구하기 위해 분투하고 있는 모양이었다.

"응, 그러자. 힘내서 꼭 구해내자."

라피니아의 등을 문질러 주면서 눈을 감으려던 그때.

잉그리스는 자신의 가슴이 꿈틀꿈틀 움직이는 것을 느꼈다. 범인은 바로 잠들어 있는 라피니아의 손이었다.

"못 말려……."

예전부터 라피니아에게는 불안할 때 무의식적으로 잉그리스의 가슴을 만지려는 버릇이 있었다. 잉그리스의 이모인 이리나가 갓난아기였던 라피니아를 이런 방식으로 재워주었던 게 아닐까. 그 당시의 버릇이 현재까지 남아있는 것일지도 몰랐다.

이것은 잉그리스의 가슴이 지금처럼 발육되기 전부터 이어져 온 버릇이었다. 하지만 정작 라피니아는 자신에게 이런 버릇이 있다는 사실을 모르고 있을 것이다.

잉그리스는 라피니아가 안심할 수 있다면 상관없다는 생각이었기에 마음대로 하도록 내버려 뒀었다. 덕분에 아직 버릇이 남아있는 것일지도 모르지만.

굳이 버릇을 고쳐야 한다면 오히려 평소의 코골이를 어떻게 하는 게 우선이므로, 이 정도는 참아 줄 수 있었다.

"……라니가 잔뜩 만져서 이렇게 커진 걸지도 모르겠네."

잉그리스는 쓴웃음을 지으며 눈을 감았다.

말은 그렇게 했지만 그럴 가능성은 적었다. 라피니아는 목욕탕에 들어가 자신의 가슴을 열심히 주물러대고 있지만 별로 효과가 없었다.

주물주물주물주물…….

어쩐지 라피니아의 손이 활발해진 듯한 기분이 들었다.

어느샌가 한 손이 아니라 양손을 동원하기 시작했고. 심지어는 옷 안쪽으로 파고들어 오기까지 했다.

"흐윽…… 라, 라니…… 그렇게 강하게 주무르면…… 으응……!"

아무리 그래도 잠꼬대가 너무 심한 것 아닐까.

잉그리스의 눈이 스르르 뜨였다.

그리고 맞은편에 누워있는 라피니아와 시선을 마주쳤다.

"?! 라니……!"

"오? 이런, 일어나 버렸네. 혹시 흥분했어? 응? 흥분했지?"

"아, 아아, 안 했어……! 애초에 잠든 적도 없거든! 라니야말로 깨어났으면서 왜 계속 주무르는 건데! 너무해!"

"눈을 떴더니 마침 크리스의 가슴이 눈앞에 있지 뭐야. 크리스도 싫어하지 않는 눈치여서 재미를 좀 봤지♪ 실은 자면서 불길한 꿈을 꿨거든. 그래서 기분 전환을 하고 싶었어~."

"어떤 꿈이었는데?"

"……사람들이 라파 오라버니의 장례식을 치르는 꿈."

라피니아의 목소리가 살짝 떨리고 있었다.

"라니……."

잉그리스는 라피니아를 꽈악 끌어안았다.

"……지, 지금만 특별히 허락해 줄게. 기분 전환이 필요하댔지? 대신 되도록 살살 부탁할게……."

"후훗, 됐어. 난 괜찮아. 가슴을 만지는 건 크리스의 성장을 음미하기 위해서일 뿐인걸. 갓난아기처럼 어리광을 부릴 생각은 없어."

"…………."

실제로는 갓난아기 시절의 버릇이 아직도 남아있건만.

그래도 모르는 사람한테 굳이 설명해 줄 생각은 없었다.

"끄으음~! 잠이 다 달아나 버렸네. 이제 어떡하지?"

라피니아는 침대에서 일어나 기지개를 켰다.

창밖을 바라보니 여전히 한밤중이었다. 날이 밝으려면 한참을 기다려야 할 듯했다.

"나가서 몸이나 움직일까?"

"그러자. 그래야 기분이 좀 풀릴 것 같아. 겸사겸사 야식도 먹고!"

"그러면 격납고가 좋겠다."

격납고는 넓어서 몸을 움직이기에도 좋고, 후페일베인의 꼬리도 그곳에 놓여 있었다.

"응. 가자, 크리스."

이윽고 격납고 앞에 도착한 잉그리스와 라피니아.

까아아앙! 까가가강!

그런데 격납고 안에서 커다란 소리가 울려 퍼지고 있었다.

""레온 씨!""

잉그리스와 라피니아가 격납고에 있던 인물의 이름을 불렀다.

레온은 격납고에 놓인 신룡의 꼬리를 손목보호대 형태의 마인 무구로 두들기고 있었다.

레온의 마인무구는 예전에 봤을 때와 비교해 어딘가 달라진 듯보였다.

게다가 격납고 내부에 울려 퍼지는 소리는 상당히 강렬했고, 이는 레온의 공격이 그만큼 대단하다는 뜻이었다.

"응? 아아, 너희구나. 잠이 안 와서 그래? 잘 수 있을 때 자는 편이 좋아."

레온은 이마에 맺힌 땀을 닦으며 씨익 웃었다.

"맞아요. 레온 씨야말로 이런 시간에 훈련하시는 건가요?"

라피니아가 물었다.

"그렇지, 뭐. 미안하지만 너희가 가져온 이 녀석을 조금 빌렸어. 용의 꼬리라고 했나? 비늘의 강도가 엄청나더라고. 두들기기 딱 좋더라."

"얼마든지 쓰셔도 돼요. 하지만 이왕이면 움직이는 표적을 때리는 편이 훈련에 도움이 되지 않을까요?"

잉그리스가 싱글벙글 웃으며 레온에게 말했다.

"됐네요. 그 표적은 내가 아무리 공격해도 다 피해버리거나, 이쪽이 피를 토할 정도로 반격해 오거나 할 테니까. 부활한 프리즈마를 타도해야 하는데 심각한 부상으로 움직이지 못하게 된다면 스스로가 한심해서 죽고 싶어질걸."

"그런가요? 여성이 모처럼 용기를 내서 데이트를 요청했건만, 못된 분이시네요……. 그 새로운 마인무구도 어떤지 궁금했는데."

잉그리스는 말 그대로 손가락을 빨며 레온을 바라보았다.

"네가 말하는 데이트는 그 데이트가 아니잖아……."

레온은 쓴웃음을 지으며 다시금 신룡의 꼬리를 두들기기 시작했다.

레온의 타격은 강력했지만 날카롭지 못하고 산만했다.

레온답지 않은 움직임이었다. 사실 이러는 이유도 짐작은 갔다.

"야영지에 남아있을 레오네 일행이 걱정이네요. 그곳으로 향하는 알카드군은 라티의 형인 윈젤 왕자라는 분이 인솔하고 있다고 들었어요. 실력이 있는 분인가요?"

잉그리스가 웃으며 질문을 건네자 레온은 다시금 움직임을 멈추었다.

"비록 숫자는 많지 않지만, 우리 쪽에서 알카드에 잠입시켜 놓은 동료들이 있어. 어디까지나 정보 수집이 목적이지만 말이야."

원래 알카드는 프리즘 플로가 적게 내려서 마석수로 인한 피해가 미미했다. 따라서 하이랜드에 대한 의존도도 자연스럽게 낮아질 수밖에 없었고, 반하이랜드 조직인 혈철쇄 여단에도 별로 중요한 지역이 아니었다.

하지만 최근에는 이벨과 티파니에의 활동으로 인해 하이랜드의 개입이 커진 상황이었다. 그래서 혈철쇄 여단에서도 상황을 주시하고 있는 모양이었다.

"……그 알카드군의 총대장인 윈젤 왕자 말인데. 소문에 따르면 최근 특급 마인을 손에 넣었다는 모양이야."

"특급 마인……?! 라파 오라버니와 레온 씨처럼요……?! 하지만 특급 마인은 선천적으로 타고나는 거 아닌가요……?!"

"하급 마인이 성장해서 중급 마인이 된 사례는 나도 종종 들어봤어. 마인의 후천적인 성장이 불가능한 건 아니야. 물론 세례함으로 다시 새길 필요는 있겠지. 하지만 나도 특급 마인으로 승격됐다는 이야기는 처음 들었어."

"그, 그러면 레오네는 그렇게 강력한 기사를 물리쳐야 한다는 거야……? 아, 그렇구나! 그래서……!"

"그래서?"

레온의 물음에 라피니아는 고개를 가로저었다.

"아, 아뇨. 아무것도 아니에요……."

이 이상 말하는 것은 주제넘은 짓이라고 판단한 모양이었다. 적절한 판단이었다.

잉그리스도 라피니아와 비슷한 생각을 했다. 그래서 레온에게 그 질문을 건넨 것이다.

즉, 레온이 지금 이렇게 잠들지 않고 훈련에 매진하는 것은 프리즈마와의 싸움이 걱정되어서가 아니었다. 레오네의 안전이 걱정되기 때문이었다.

레온은 원래 성기사다. 하이랄 메나스를 둘러싼 진실은 일찌감치 알고 있었다. 게다가 확고한 신념을 가진 전사이기도 했다. 라피니아처럼 갑작스러운 소식을 통보받는다고 동요할 만한 인물은 아니었다.

하지만 문제는 딜레마였다. 위험에 빠진 레오네를 놔두고 프리즈마와 싸워야 한다는 딜레마가 레온을 이러지도 저러지도 못하게 만들고 있었다.

"저기요 레온 씨, 크리스가 아니라 저하고 대련해 주시지 않을래요? 실은 잠이 오질 않아서요. 저도 몸을 움직이러 이곳에 온 거예요."

"응? 뭐, 나야 괜찮다만……."

"고맙습니다! 그러면 모처럼 하는 대련인데 내기하지 않을래요?"

"내기? 밥값이라도 걸려고? 못할 건 없지만 네 식사량은 나하

고 차원이 다르잖아. 나만 손해 보기는 싫어."

"아뇨. 제가 이기면 레온 씨는 이 배에서 내려주세요."

라피니아는 레온의 선택을 지적하는 대신 묵묵히 등을 떠밀어주기로 한 것이다. 이것으로 충분했다.

"……! 반대로 내가 이기면……?"

"울어버릴 거예요."

라피니아는 혀를 내밀며 짓궂은 미소를 지었다.

"이거 원. 날 여자나 울리는 몹쓸 인간으로 만들 셈이야……?"

"후후후, 레온 씨가 몹쓸 인간이 아니길 믿어볼게요."

"이, 잉그리스. 네가 뭐라고 설득 좀 해 봐."

"……심판은 제가 맡을게요. 준비, 시작!"

"누구 마음대로 시작이래……! 너무들 하네! 이런 법이 어딨어!"

하지만 레온은 화난 표정이 아니라 난처한 미소를 짓고 있었다.

"자, 시합 개시! 각오하세요……!"

라피니아는 레온을 향해 마인무구의 활시위를 겨누었다.

영웅왕,
극한의무를 위해 전생하다
그리고 세계 최강의 견습 기사가 되다♀

후기

먼저, 이 책을 읽어주셔서 진심으로 감사드립니다.

영웅왕, 극한의 무를 위해 전생하다 7권이었습니다. 재미있게 읽으셨기를 바랍니다.

이번 권으로 이 영웅왕 시리즈가 제 작품 중 최장 시리즈가 되었습니다.

최고 기록을 경신한 것만으로도 감사한 일입니다만, 이미 여러 발표가 났다시피 애니메이션화까지 진행하게 되었습니다. 정말로 깜짝 놀랐다니까요.

내 작품이 이만한 대우를 받아도 괜찮은 걸까? 라는 생각도 들었지만, 평생의 기념으로 남을 사건이기 때문에 기쁜 마음으로 받아들이기로 했습니다. 그리고 그 마음을 담아서 독자분들과 책을 펴는 데 도움을 주신 분들께 감사의 인사를 올리고자 합니다. 다시 한번 감사드립니다!

아마 제가 죽기 직전에도 영웅왕이 애니메이션화 되었던 기억을 떠올리면서 '좋은 인생이었지' 하고 추억하지 않을까 싶습니다.

하지만 이것으로 끝이 아니니 앞으로도 열심히 해나갈 예정입니다.

아직 영웅왕이라는 작품 속에서 쓰고 싶은 이야기, 그리고 풀어나가야 할 이야기들이 많이 있습니다. 나아가 새로운 시리즈에도 도전해 보고 싶습니다.

개인적으로는 여러 시리즈를 병행해서 집필하는 것이 이상적이지 않을까 싶네요.

왜냐하면 하나의 시리즈만 진행할 경우 그 시리즈가 끝나는 순간 수입이 끊어져 버리기 때문입니다. 리스크를 분담하는 것은 중요하죠.

만약 수요가 있다면 게임 시나리오나 만화 원작도 병행해 보고 싶군요.

하지만 한 가지 마음에 걸리는 점이 있습니다.

전권의 후기에서도 언급한 이야기지만, 최근 본업(시스템 엔지니어)을 은퇴하고 한동안 전업 작가로 활동하려 하는 중입니다.

이유는 본업이 바빠지면서 겸업을 유지하기 힘들어졌기 때문입니다. 그런데 당시에 떨어진 집필 속도가 전업으로 전환한 뒤에도 좀처럼 개선되지를 않는 것입니다.

물 흐르듯이 써나가고 싶은데 마음처럼 되질 않더군요.

돌이켜 보면, 글이 가장 잘 써졌을 때는 본업으로 쌓인 적절한 스트레스를 소설을 쓰면서 풀어버리는 사이클이 성립되어 있었다는 생각이 듭니다.

빛과 어둠이 팽팽하게 치고받는 과정에서 최강의 전사가 탄생했다고나 할까요.

하지만 어둠이 너무 강해지는 바람에 집필이 불가능해졌고, 그래서 어둠을 완전히 걷어내 버렸더니 이번에는 빛이 시들시들해진 채로 회복될 생각을 안 하는 느낌입니다.

그래도 예전에는 3~4시간밖에 못 자다가 최근 들어서야 7~8시간씩 잠을 자게 되었기 때문에 수명은 늘어난 것 같습니다.

심지어는 출근을 할 필요도, 지각할 걱정도 사라졌습니다. 새로운 환경에 안주해 버린 걸지도 모르겠군요. 한시라도 빨리 전업 작가로서의 사이클을 확립하고 싶네요.

마지막으로 담당 편집자 N 님, 일러스트를 담당해 주신 Nagu 님, 그리고 각 관계자분. 이번 권도 펴내시느라 고생이 많으셨을 텐데 감사드립니다.

아, 그리고 이번 권의 표지는 역대 1, 2위를 다툴 정도였습니다! 저도 모르게 컴퓨터 배경 화면으로 지정해 버렸답니다.

그러면 이쯤에서 물러나도록 하겠습니다.

다음 편 예고

어불은 프리즈마의 침공——

1즈마를 물리치기 위해 모인 기사들.
1만 예상외의 사태가 연달아 일어나면서
3은 혼돈에 빠지고 마는데.

1랄 메나스들의 절실한 기도가 이어지는 가운데,
3의 전력인 미소녀 견습 기사는
전황을 뒤집을 수 있을 것인가……?!

"후후후…… 때로는 몸을
맡겨보는 것도 괜찮겠지요……!
궁극의 힘에!"

영웅왕,
극한의 무를 위해 전생하다
그리고 세계 최강의 견습 기사가 되다♀

8

Eiyu-oh, Bu wo Kiwameru tame Tensei su. Soshite, Sekai Saikyou no Minarai Kisi "우". 7
©Hayaken
Originally published in Japan in 2022 by HOBBY JAPAN CO., Ltd.
Korean translation rights ©2022 by Somy Media, Inc.

영웅왕, 극한의 무를 위해 전생하다 ~그리고 세계 최강의 견습 기사가 되다~ 7

2022년 10월 15일 1판 1쇄 발행

저　　　자	하야켄
일 러 스 트	Nagu
옮 긴 이	마일도
발 행 인	유재욱
본 부 장	조병권
편 집 1 팀	김준균 김혜연 박소연
편 집 2 팀	박치우 정영길 정지원 조찬희
편 집 3 팀	곽혜민 오준영 이해빈
라이츠담당	김정미 맹미영 이윤서 이승희
디 지 털	김지연 박상섭
미　　　술	김보라 박민솔
발 행 처	㈜소미미디어
인쇄제작처	㈜코리아피엔피
등　　　록	제2015-000008호
주　　　소	서울시 마포구 토정로222, 403호 (신수동, 한국출판콘텐츠센터)
판　　　매	㈜소미미디어
마 케 팅	박종욱
영　　　업	최원석 최정연 한민지
물　　　류	백철기 허석용
전　　　화	(02)567-3388, Fax (02)322-7665

ISBN 979-11-384-3438-6 04830
ISBN 979-11-6507-980-2 (세트)